Elisabeth Thaler

Iter Illyricum

Elisabeth Thaler

Iter Illyricum

Bericht über die Großfahrt der erwachsenen Pfadfinder nach Montenegro 2011

Eine Art Bildungsroman

Impressum

Bibliografische Information der Deutschen Nationalbibliothek:
Die Deutsche Nationalbibliothek verzeichnet diese
Publikation in der Deutschen Nationalbibliografie;
detaillierte bibliografische Daten sind im Internet
über http://dnb.dnb.de abrufbar.

Die automatisierte Analyse des Werkes, um daraus
Informationen insbesondere über Muster, Trends und
Korrelationen gemäß §44b UrhG („Text und Data Mining")
zu gewinnen, ist untersagt.

© 2024 Elisabeth Thaler

Lektorat: Kater Miefka
Korrektorat: Sebastian Gruber, Elisabeth Thaler
Einbandgestaltung: Kauzmann

Verlag: BoD · Books on Demand GmbH,
Überseering 33, 22297 Hamburg, bod@bod.de
Druck: Libri Plureos GmbH, Friedensallee 273,
22763 Hamburg

ISBN: 978-3-8192-1301-4

Inhaltsverzeichnis

Gewidmet meinen Pfadfindergeschwistern.
Sowie P. Bernward Deneke.

Wort zum Geleite

Der Schriftsteller, so sagt man, hat vor nichts mehr Angst als vor einer leeren Seite. Darum dachte ich, diesen Umstand überspringen zu können, indem ich mich nicht wie gewöhnlich der gähnenden Weiße eines Blockes oder Heftes aussetzte, sondern den Rechner anschaltete und das Schreibprogramm startete. Doch was sich tat, ließ mich erschaudern: Das unausweichliche Blatt erschien nun virtuell und stemmte sich mir entgegen wie eine Wand, auf der in der linken oberen Ecke, dort, wo eben die Schreibfeder anzusetzen hat, ein kleiner Strich aufmunternd blinkte. Das allerdings war für mich blanker Hohn angesichts meiner brisanten Lage. Hätte ich doch den Mund gehalten! Wäre ich doch vor einer Woche von der Bildfläche verschwunden, ohne meinen Fahrtenschwestern irgendetwas zu verheißen oder anzukündigen! Aber nun ist es zu spät, es ist in jeder Hinsicht zu spät: Es ist nämlich beinahe drei Uhr nachts, ich sitze vor dem Rechner und warte auf den Musenkuß, der sich nicht einstellen will und sich erst recht nicht herbeizwingen läßt, auch nicht mit badischem Wein.

Von einem Abenteuer zu schreiben ist selbst eines, vor allem, wenn man noch nicht so recht weiß, wie alles weitergehen wird, weil das eigene Leben unversehens zu einer tollen Fahrt wurde. All das, was seit einem Jahr passiert ist, als ich vermeinte, von der großen Sicherheit eines Lehramtsstudiums in der kleinen Stadt Eichstätt in die noch größere Sicherheit einer Klosterschule in der Oberpfalz übertreten zu können, all jenes ist Teil einer unerhörten Unternehmung, welche nicht anders begann als das Leben eines Mädchens, das einst von seinem Vater fortgeschickt wurde, um das Singen zu lernen, weil er merkte, daß darin das Glück seines Kindes liegen mußte.

Und so zog ich aus – und finde nun langsam eine Heimat mitten in der Unbehaustheit der Welt: Es ist das Lied die Heimat des Sängers, es ist der Ort, den er durch seinen Gesang wirklich werden läßt, an dem seine Seele endlich Ruhe finden kann.

Darum ist meine Geschichte immer auch die Geschichte des Orpheus. Vielleicht ist er mein Vater geworden, als mein wirklicher Vater sich keinen Rat mehr wußte und mich dem Gesang anvertraute wie einem unberechenbaren Meer. Nun bin ich die Tochter eines Meeres von

Liebe, Gesang, Fahrt und Gottes ewiger Schönheit geworden. Einen Ausdruck von dieser Art Romantik vermögen die Lieder zu geben, die im Text leider nur stumm erscheinen und in ihrer herzzerreißenden Einfachheit zu den Seelen sprechen.

Kein Lied, dem jedermann seine Gewähltheit ansah, hat einen großen Zauber bewirkt, sondern der schlichte Gesang. Auch ich werde immer einfacher und unverstellter. Die kunstreiche Jugend habe ich hinter mir gelassen; es ist mir nicht mehr darum, mit großen Worten zu prahlen. Ich suche die Klarheit, die Schönheit des innigen Geständnisses, die absolute Liebe, die Liebe in Gott, ja, die von Gott geliebte Liebe. Keine Sicherheit der Welt, wie ich lange Zeit glaubte, konnte ihr Aufenthalt sein, nur die Unbehaustheit einer Fahrt kann einer Liebe Heimat bieten, die hinter all den menschlichen Gesichtern das Gesicht des Einen meint, der von sich sagte, er würde keine Heimat haben und alle, die ihm nachfolgten, werde es ähnlich gehen.

Darum schreibe ich von einer Zeit, in der ich oft nicht wußte, wohin ich am Abend mein Haupt legen würde. Ich werde von meiner Fahrt mit den Pfadfinderinnen in den wilden Balkan nach Montenegro erzählen. Und ich will mich nicht lange vor einem leeren Blatt um die Worte winden. Denn auch für diese Reisebeschreibung gilt der Satz: *Simplicia simpliciter dicuntur.*[1]

---

[1] Übersetzung: Unkomplizierte Dinge werden unkompliziert ausgesprochen.

Teil I: Nach Montenegro

7. VII 11

Lebt wohl, ihr verhausten Leute, die ihr euch die behaglichen vier Wände eingerichtet habt und mir Obdach gabt! Ich fahre ins Abenteuer fort und lege euch so wie all meine Wohltäter in Gottes milde Hände. Lange genug war ich bei euch und nun wird es Zeit, daß ich gehe.

So oder so ähnlich könnte mein Abschiedssatz geklungen haben, als ich das Dörfchen Wagneritz verließ und mich an einem trüben Tag in Ulm an den Bussteig 5 stellte. Wie ich nun so mit meinem grünen Rucksack und in meiner blauen Kluft[2] dort eintraf, begann gleich ein wartender Fahrgast aufgeregt zu gestikulieren und abwechselnd auf mich und das Bushäuschen mit dem Reisebüro zu zeigen. Eine Dame kam ihm zu Hilfe und meinte „Er sagt, daß zwei von Euch bereits dort sind und die Fahrkarten bestätigen lassen.“

Im Reisebüro selbst stieß ich auf Elli und Theresia, welche die Anmeldeformalitäten bereits erfolgreich hinter sich gebracht hatten.

---

[2] Kluft: Tracht der Pfadfinderinnen, hellblaues Hemd und dunkelblauer Rock.

„Da gibt's nicht viel vorzuweisen," sagte Elli leichthin und deutete mir und Theresia, den Laden zu verlassen, „es ist alles in Ordnung, keine Ahnung, warum die uns hierhergeschickt haben. Vielleicht konnten sie es einfach nicht glauben."

Und wirklich tippten sich die Passagiere an die Stirn, als sie von unserem Vorhaben erfuhren, nämlich drei Wochen zu Fuß durch Montenegro zu wandern.

Der Bus war bereits fast bis zur Gänze besetzt und wir fragten uns, wie in München, der letzten Haltestation in Deutschland, weitere Fahrgäste zusteigen sollten. Wir warteten noch auf zwei andere Pfadfinderinnen aus der bayrischen Hauptstadt, die wir mit Verspätung erreichten. Auch an diesem Bussteig ereigneten sich ähnliche Szenen: Menschen mit viel Gepäck, die den vollen Fahrgastraum des Busses skeptischen Blickes musterten. Darunter auch zwei blaugekleidete Mädchen, unsere Fahrtenschwestern Regina und Elisabeth. Die Ähnlichkeit ihrer Tracht mit unserem Aufzug überzeugte den Buslenker, daß wir zusammengehörten, während andere Passagiere aussteigen und einen bereitgestellten Ersatzbus nehmen mußten.

Das Reiseunternehmen schien nicht auf den enormen Ansturm von Menschen vorbereitet zu sein und improvisierte also.

Wir waren wieder auf der Straße in den Osten, doch da wir uns notgedrungen auf die vereinzelten noch freien Plätze verteilten, konnte ich keinen Kontakt mit den anderen Pfadfinderinnen aufnehmen, was ich für den Moment sehr bedauerte.

Seltsam, dachte ich, wie ich mich verändert habe! Noch vor einigen Jahren wäre es mir ganz unmöglich gewesen, mit anderen Leuten drei Wochen unterwegs zu sein, in einem Zelt zu schlafen und gemeinsam zu kochen und zu waschen. Damals nach den Magisterprüfungen wagte ich es zuerst, indem ich mit den Pfadfinderinnen in die Slowakei fuhr und war erstaunt, wie schön es sich entwickelte. Inneres und äußeres Abenteuer verflochten sich damals zu einem wunderbaren Ganzen. Wie es wohl diesmal würde? fragte ich mich bang, doch niemand verwehrte mir den Freiraum in der Gemeinschaft, den ich so wichtig brauche, um ruhig zu werden und das Erlebte in meiner Art zu verarbeiten. So konnte damals ein Fahrtenbericht entstehen, in dem die Fahrt lebendig blieb, zwei Wochen mühelose Wirklichkeit. Ich lernte mehr als in manch einem Jahr der häuslich umsorgten Ungewißheit. Ja, was zunächst wie ein Widerspruch klingt, ist der alltägliche Gang des Lebens: Glaubt man, sicher zu sein, verschwendet man für gewöhnlich kaum einen Gedanken darauf, was in einem Jahr sein wird, weil es müßig ist, auch nur an den nächsten Tag in seiner Überschaubarkeit zu denken. Was aber, wenn man plötzlich in eine Welt gestellt wird, wo es nicht gewiß ist, an welchem Ort man sich am Abend niederlegen wird? Man muß das Größte und Unendliche denken, um sich selbst nicht verloren zu gehen, Gottes immerwährende Gegenwart, die aus dem Blick jener strahlt, die mit einem unterwegs sind.

8. VIII 11

Als ich mich um halb sieben Uhr vom Mittelgang des Busses wieder in meinen Sitz zurückarbeitete, dröhnte mir der Kopf vom Motorengeräusch. Die wenigen Stunden Schlafes, welche immer wieder von Paßkontrollen unterbrochen wurden, waren kaum erholsam.

„So ist es immer im Bus." tröstete mich eine bosnische Dame, die mit ihrer Tochter neben mir saß. Gestern hatte diese blonde starkgeschminkte Frau in ihrer südländischen Art noch lauthals gelacht und unsere Schar einen Haufen Verrückter gescholten, allein heute sah sie die Sache etwas moderater. Sie seufzte und wischte mit einem Taschentuch kurz über die Fensterscheibe, gegen die ihre Tochter aus kindlicher Neugier die Nase gedrückt hatte. „Aber es ist schön, endlich wieder heimzukommen, zur Mutter… Schauen Sie einmal raus! Was sagen Sie zu meinem Land!"

Ich folgte dem Fingerzeig der Patriotin und erblickte im etwas dampfigen Frühlicht unermeßliche dichtbewaldete Weiten. Eine sehr dörfliche Gegend, in der sich allem Anschein nach die Zeit nur langsam verändert.

Erwartungsvoll blickte mich die Dame an und ich nickte. Ja, es war schön.

„Die Herzen der Menschen, die hier leben sind gewiß so weit wie diese Täler und so mild wie die Morgensonne. Ein Fremder wird sich bald zuhause fühlen, vielleicht erfährt er erst hier, was es um die Heimat ist.", meinte ich sinnend. Auch die Tochter heftete ihre Augen auf mich. Gestern hatte sie mich eine Menge gefragt, ehe sie an meiner Seite einschlief. „Gell, du bist aber auch keine Deutsche sondern eher eine Griechin!", rief sie jetzt freimütig und zog sich wegen diesem Ungestüm nur einen lachenden Tadel der Mutter zu.

„Wer weiß?", scherzte ich gutgelaunt und setzte etwas ernster hinzu: „Vielleicht bin ich sogar eine Tochter des Orpheus"

✳✳✳

Ich warf immer wieder von meinem Platz aus einen Blick auf die Fahrtenschwestern, die schweigend wie ich die vorbeiziehende Landschaft mit ihren Träumen anfüllten. Undeutlich hoben sich ihre Gesichter gegen das dunkle Raumlicht des Busses ab. In den nächsten Tagen würden sie Kontur gewinnen.

Wir hatten die Industriestadt Banja Luka am Fluß Neretva mit ihren unglaublich riesigen, rostbraunen Fabrikruinen hinter uns gelassen und näherten uns über Zenica der Hauptstadt Sarajewo. Unsere Rundenmeisterin[3] Manuela hatte den Treffpunkt in der Nachricht vorab mit „Irgendwo" angegeben. Da dies eine ungeheuer präzise Angabe war, blieben wir fünf einfach am Busbahnhof der bosnischen Metropole und warteten ab. Endlich kam ich dazu, die bereits vorhandenen Fahrtenschwestern näher zu mustern. Theresia war eine stramme Berlinerin, die voller Stolz auf ihren wappenbenähten Klufthemdärmel wies. Regina wiederum galt als eine überzeugte Bayerin.

„Na, jetzt wird's ma z'hoaß!" stöhnte sie im Schatten eines Baumes, indem sie an ihrem Pullover zerrte. „'s Unterhemad muaß aa weg, oba, i koo mi ja net mittem am Plooz umziagn. Sog amoi, wer hot na so a Hitzen b'stellt?". Elli blickte von ihrem Telefonino hoch, mit dem sie Manuela kontaktierte. „Na suchsch halt a Klo. Musch di itta uf da Strooß umzieg."

Ich wiederum hatte andere Probleme und fragte Elisabeth: „Hast du an Mistkübel

---

[3] Rundenmeisterin: „Chefin". Sie hat die Fahrt organisiert und sagt, wo es lang geht.

irgendwo g'sehn, ich muß ein paar Fetzerl und Sackerl und den Apfelputzen wegschmeißen." Theresia kratzte sich lachend am Kopf, und wir verstanden uns.

Bald gab uns Manuela via Telefonino weitere Instruktionen und so wechselten wir einen kleinen Betrag Geldes in die bosnische Währung, um schließlich Tramfahrkarten Richtung Innenstadt zu erstehen. Doch am Schalter stellte Elli fest, daß weniges fehlte. Hilfesuchend blickte sie sich um, während ihr die Schalterangestellte die Karten wieder aus der Hand nahm. Auf einmal mischte sich ein wirrbärtiger Herr ein, der nicht gerade den Anschein machte, besonders vermögend zu sein. Er förderte aus den Tiefen seiner Hosentasche ein paar Münzen zutage, legte sie auf den Tresen und händigte einer erstaunten Elli die Karten aus. Wir blickten uns an und jede von uns dachte das Selbe. Herzen so weit wie die Wälder und Berge des Landes.

„Du, Pater Joseph!", erwischte ich unseren künftigen Wald- und Feldgeistlichen zwischen Essen und Abendrunde im Treppenhaus eines katholischen Internats in Sarajewo; dort konnten wir derweil bleiben und uns auf die Fahrt vorbereiten. Ich selbst war mehr oder weniger über Nacht zum Verlegenheitsministranten und Vorbeter geworden. Manuela hat mich einfach dazu bestimmt und so versuchte ich gleich heute bei Rosenkranz und Hl. Messe aus meinem Amt das Beste zu machen, was mir nicht ganz gelang. Bei den Glockenzeichen fiel mir auf, wie lange ich schon nicht mehr in einer Messe nach dem neuen Ritus war, also läutete ich nach dem besten Wissen und Gewissen, doch die Grübelei, ob beispielsweise auch in der neuen Messe beim Offertorium[4] geklingelt wird, brachte mich ganz um meine Andacht. Das war ein Zustand, der sich keineswegs über die nächste Woche hinziehen darf und so entschied ich, den Pater gleich bei der nächstbesten Gelegenheit zu fragen.

Als ich mit dem Gebetbuch aus dem Dachgeschoß schlüpfte, wo sich die Mädchen in zwei Zimmern niedergelassen hatten und nun bedächtig ihre Habe verteilten, so daß jede von uns nebst ihren persönlichen Dingen auch gemeinschaftliches Gut transportierte, kam mir der Pater gerade recht.

„Pater Joseph, sag, hat das gepaßt, wie ich geläutet habe, oder war das zu außerordentlich?

---

[4] Gabenbereitung

Ich kann das ja nur so, wie ich es in Eichstätt mitbekommen habe…naja, zwischen Offertorium und Communio." verteidigte ich mich.
Der Geistliche grinste in seiner gutmütig vierschrötigen Art. „Ich weiß ja nicht, was ihr da in Eichstätt für eine spezielle Läutordnung habt…"
„Das ist vielleicht so wie in der Gregorianikschola: So wie wir gesungen haben, machte das jeder Ministrant das nach seinem eigenen Dafürhalten," rechtfertigte ich mich, „…naja, und ich hab eben versucht…"

Das Grinsen des Paters wurde noch breiter, als er meine Verlegenheit bemerkte und mich ergänzte: „…Versucht, einen plausiblen Querschnitt daraus zu bilden."
Ich nickte. Wenn ich es nicht gewußt hätte, daß er Manuelas Bruder ist, wäre ich selbst nicht daraufgekommen, da beide recht unterschiedlich sind. Sie ist von einem sehr klaren und offenen, lustigen Wesen, wohingegen Joseph hintergründig scheint, beinahe so, als wäre ihm seine eigene versteckte Feinsinnigkeit etwas peinlich. Kein Wunder, dachte ich, wenn er sich nun einen recht simplen und grobgeschnitzten Eindruck zu geben versucht.

Er hantierte an einer Klarsichtfolie herum, aus der er einen schmalen Stapel gelber Heftlein hervorsuchte. Es muß die selbe durchsichtige Tasche gewesen sein, der die hellblauen Büchlein mit Betrachtungstexten für die Fahrt entstammten, welche wir beim Abendessen erhielten.

„Das ist die Komplet," meinte der Pater und gab mir lauernd eins der gelben Heftlein, „heute nehmen wir die. Als Scholamagistra – oder wie war das? – kannst du bestimmt vorsingen." Mein Inneres brauste auf: Zweifelte da etwa jemand daran, unterstellte er mir, ich prahle nur? Oh nein, das konnte ich nicht unkommentiert lassen.

„Ja, es steht zu befürchten, daß ich wirklich singen kann."

Fast tat mir meine ungebührliche Frechheit schon leid, doch da erhaschte ich einen schelmenhaften Blick vom Pater. Über das ewige, vollendet reine und unbefangene Jünglingsdasein mancher Priester und Musiker ein eigenes Buch zu schreiben, wäre ein aussichtsloses Unternehmen. Es müßte in F-Dur geschrieben sein.[5]

---

[5] Es steht tatsächlich in F-Dur. Ich komponierte ein kleines Stück anläßlich der Diakonenweihe eines Pfadfinderbruders

So wie das Lied vom ewigen Knaben Samuel,
der Gottes Rufen vernahm.
Puer aeternus obtemperavit deo:
Vocavit in servitium eius.
Sequitur ex toto corde suo[6].

---

[6] Übersetzung: Der ewige Knabe gehorchte Gott: Der rief ihn
in seinen Dienst; er folgte aus ganzem Herzen.

9. VIII. 11

„Man nennt Sarajewo auch Klein-Jerusalem, denn an keinem anderen Ort sind die drei monotheistischen Religionen auf so engem Raum anzutreffen. Jetzt ist man darum bemüht, in Frieden zu leben, aber das war nicht immer so: Hier die Einschußlöcher an der Herz-Jesu Kathedrale sind nur ein Zeugnis für die Kampfhandlungen, die vor 20 Jahren rund um die Stadt aufflammten."
Wir erfuhren von Barbara überdies, daß die Kroaten katholisch seien und die Bosnier hauptsächlich Muslime, wohingegen die Serben in der Mehrheit dem griechisch- orthodoxen Bekenntnis anhingen. Und wirklich: Als wir den Angelus beteten, schallte uns von einem nahe gelegenen Minarett der Ruf des Muezzin entgegen; das Aveläuten mischte sich mit den Hymnos Akathistos aus der orthodoxen Kathedrale, eine Tatsache, die mir aus Eichstätt nicht fremd war. Im römisch-katholischen Seminar der bayrischen Bischofsstadt war auch das Collegium Orientale der griechisch-katholischen Priesterstudenten untergebracht. Weil Bischof Gregor Maria der östlichen Liturgie sehr aufgeschlossen ist, herrscht in Eichstätt ein

reger Austausch dieser beiden Riten. Daß auch im traditionellen römischen Ritus[7] zelebriert wird, ficht dort niemanden an. In einer schönheitsliebenden, gottesfürchtigen Stadt zeiht niemand die Kirche der Prunksucht, wenn die heiligen Priester des Westens und des Ostens an einem Feiertag mit schweren golddurchwirkten Gewändern angetan ihren Dienst tun, in den Gott sie gerufen hat.

„Gottes Größe offenbart sich uns im Schönsten und so ist es unser innigster Wunsch, ihm das zurückschenken zu können, was wir erleben. Freilich ist das Einfachste das Schönste, doch wir Menschen haben die Unschuld einer blütenbedeckten Alpe verloren, darum nehmen wir die Kunst zu Hilfe, unser ursprüngliches Gottlieben zu veredeln. Ja, ich denke, daß die Kunst der Liturgie – dazu zählt auch die Musik – ein Versuch des Menschen ist, das abzubilden, was Gott in unserer Seele an Schönheit auslöst. Gold ist das Kostbarste. Mit Gold umgibt der Osten seine Ikonen, die wahren Abbilder der Heiligen. Der Goldgrund und die über Jahrtausende gleiche Darstellungsweise

---

[7] Gemeint ist die Hl. Messe auf Latein, in der der Priester normalerweise ad orientem, also nach Osten Richtung Hochaltar betet.

enthebt diese Bilder jeglicher Zeit. Ikonen stehen gewissermaßen senkrecht auf unserer fliehenden Wirklichkeit, es sind Fenster, nein nicht unsere Fenster in die Ewigkeit, sondern die der Ewigkeit auf uns. Wir sehen eigentlich nicht das, was uns sieht: Die Augen des gemalten Christusbildes sind die Augen Christi, die uns von der Ewigkeit her anblicken. Wir jedoch haben nicht das Bild dessen, der uns ganz kennt, das ist der Sinn jeder Ikone."

Ich hatte begonnen, mich in Ekstase zu reden, so sehr begeisterte mich der Gedanke.

„Und die Musik?" fragte Elisabeth im Flüsterton, wobei sie schaudernd von der im Halbschatten glühenden Ikonostase der Kathedrale zurückwich.

„Der Sänger ist nichts als der Malgrund. Was darauf entsteht und was wir als Musik hören, das nimmt uns wahr, wenn wir in Wahrheit singen. So ist es: wir hören die Musik und Gott sieht uns ganz ein."

Elisabeth war noch nicht zufrieden. „Und wenn der Sänger Gott über alles liebt, darf der dann auch so etwas sehen?"

Ich bekreuzigte mich vor der Lukas-Ikone und küßte sie.

„Der Sänger hat manchmal keine Wahl: Er muß
es sehen, es ist ihm auferlegt."

***

Kaum hatten wir uns wenige Schritte von der
orthodoxen Kathedrale entfernt, standen wir
auf einer Marktstraße, die einem orientalischen
Bazar glich. Händler boten laut rufend feine
Stoffe und Spezereien an, messingenes Kunst-
handwerk und Schleier. Durch vergitterte Ar-
kadenfenster konnten wir in den Innenhof der
großen Moschee sehen, wo verhüllte Frauen
und in gewissem Abstand die Männer im
Schatten des Portikus der Koranlesung bei-
wohnten. So interessant es auch schien, dieser
Platz war kein Ort, an dem wir die stille Stunde
verbringen wollten. Daher machten wir uns auf
die schwere Suche nach einer katholischen Kirche.

Endlich an der theologischen Fakultät der Stadt
wurden wir fündig, doch man gewährte uns
erst keinen Einlaß, weil die Kirche zu alt sei,
wie eine Frau von der Rezeption auf Englisch
sagte. Allein, Maria Theresia entgegnete ein gewichtiges Argument: „We have a priest with
us!" Das mußte doch etwas bewirken!

„Oh, I can obviousley see, that you have a
priest!" entgegnete die Dame und verschwand,

um sich mit einem Kollegen zu besprechen. Unwillkürlich tastete Pater Joseph nach seinem römischen Kragen, den er trotz blauem Barett und schnürlsamtener Knickerbocker trug, wie es bei der Pfadfinderpriesterschaft der SJM[8] üblich ist.

„Ja jetzt, also, wir müssen nicht darauf beharren!" beschwor er halblaut seine Schwester Manuela, aber schon bald hörten wir, wie sich von innen her ein Schlüssel im Portal der Kirche drehte und die Tür aufging. Der Custode hatte uns geöffnet und wir traten ein.

✳✳✳

Von der mit Notwendigkeit beglaubigten Unverschämtheit, sich an den unmöglichsten Stellen zu treffen und die Brotzeit aus dem Rucksack zu packen, kann wohl jeder Pfadfinder etwas erzählen.

Uns so ließen wir uns am Sarajevoer Busbahnhof nieder und zückten unsere Messer, um Wurst zu schneiden und Frischkäse auf die Brotscheiben zu streichen. War alles bereitet und zögerte man noch, murmelte ich mit

---

30

möglichst sonorer Stimme ein „Oremus!" und verrichtete dann das Auerbacher Tischgebet in schulschwesterlicher Weise. Das Jahr im Orden hat mich geformt und ich bin dankbar dafür, soviel Disziplin gelernt zu haben.

Doch kaum hatte ich mich gesetzt, streckte sich eine unbekannte, grobe Männerhand nach einem Frischkäsebrot aus.

„Holla!", entfuhr es mir, „was ist denn das?" Nun, es war ein Bosnier, der uns in mühsam zusammengesuchtem Englisch versicherte, daß er einfach nur Hunger habe. Theresia begann, ihn mit noch nicht entwerteten Tramkarten dazu zu bewegen, uns für den Gegenwert Kaffee aus einer nahegelegenen Bar zu bringen, doch er kam kurz darauf mit einem Stapel Pappbecher und zwei Litern Jelen-Bier[9]

„Verry best beer in Balkan!", beschwor er uns und so teilten wir eine Flasche und ließen die andere nach dem Essen in einem Rucksack verschwinden. Ich nickte dazu.

„Wer weiß, vielleicht brauchen wir die noch, um irgendeinen Grenzfinanzer zu bestechen!" Regina wußte, daß an der montenegrinischen

---

[9] Selbiges ist saisonal auch in Österreich bei einer beliebten Discounter-Kette erhältlich.

Grenze Schmuggler zu Pferde an der Tagesordnung sind.

„Du meinst: Einen Zollbeamten, oder?", verbesserte mich Theresia und ich rollte in gespielter Empörung lachend die Augen, während wir in einen Bus stiegen. „Deus meus! Natürlich!"

***

Als wir uns Abends ungefähr 100 Kilometer von Sarajewo entfernt zur ersten Rucksackmesse unter einem Baum trafen, zählte unsere Schar zwei Leute mehr. Mit Tatiana aus der Röhn und Ursula legten wir unsere erste Etappe in den Sutjevska-Nationalpark zurück, wo wir bei einem sehr dürftig eingerichteten Hotel anhand von Kartenmaterial bald entschieden, den direkten Weg nach Montenegro über die grüne Grenze zu wählen. Wie die anderen auch sagte Ursula nichts, doch ich merkte sehr wohl, daß ihr etwas bange war. Sie galt bei uns als Küken, weil sie, gerade achtzehn Jahre alt und das Abitur eben am Theresiengymnasium absolviert, mehr von ihren Brüdern und dem Vater dazu bewegt wurde, an der Fahrt teilzunehmen. Vielleicht schlummerte die Sehnsucht nach einem Abenteuer schon lange in ihrem Herzen, denn sie blickte aufgeregt interessiert in die Gegend.

„Ich weiß ja garnicht, ob ich das alles packe."
gestand sie mir. Bestimmt wird sie wenigstens
den Rucksack geschickter packen als ich; der
Beutel mit dem mir anvertrauten Milchpulver
hat dem Druck der anderen Gegenstände nicht
standgehalten, so begann sein Inhalt durch
meinen Rucksack zu rieseln und ihn in eine
Molkerei zu verwandeln, was ich noch rechtzeitig bemerkte.
Ursulas Bedenken waren mir nicht gleichgültig. Ich wußte gut, wie ihr Vater mich bei unserem Abschied in Wigratzbad ermahnte, auf
seine Tochter achtzugeben und ihr zu helfen. Es
ist eine Selbstverständlichkeit, nichts, was mir
aufgetragen werden muß: So gut es geht für andere da zu sein ist etwas, das ich wiederum von
meinem Vater gelernt habe.
Schon bald war ich mit Ursula vertraut und ich
hoffte, daß sie in mir nicht nur die strenge Lehrerin ihrer Brüder, sondern auch die Freundin
sehen würde. Diese Fahrt könnte es möglich
machen, sie vermag so vieles. Sie ist das Heilmittel gegen die übergenaue Prinzipienreiterei,
die sich früher oder später bei jedem Lehrer
einzuschleichen pflegt. Ich merkte es daran,
daß ich etwas erstaunt war, als mir Ursula, die
Jüngere sagte, ich solle mit ihr auf Du und Du

sein, obwohl es nach allen Regeln des Anstandes der Älteren, also mir oblegen hätte, die weniger formale Anrede freizustellen. Ich lachte innerlich über meine Standesdünkel und meinte: „Auch wenn wir im Leben keine Geschwister sind, auf der Fahrt ist es anders. Wir helfen zusammen. Jetzt sind wir Schwestern." Und ich begann mit Regina meinen Rucksack auszuklopfen, daß es nur so staubte.

∗∗∗

Wir schlugen unser Zelt mit der Genehmigung eines hiesigen Bienenzüchters, der ein wenig Englisch konnte, auf einer von hohem Gras bewachsenen Wiese mit unzähligen Heuschrecken auf. Nach der Hl. Messe luden wir ihn zum Abendessen und zur Runde ein. Unser von feuchtem Holz mühsam genährtes Feuer störte ihn nicht.

„Nema problema." versicherte er uns und deutete in eine Richtung, aus der wir in der Dämmerung einen Bach rauschen hörten. Wasser scheint es hier genug zu geben, dennoch schickte Regina zwei Wanderer zum Wasserholen unwillentlich in eine falsche Richtung. Nun saß sie mit mir am Lagerfeuer und lauschte den Ausführungen unseres Gastes. Vor den

Schlangen, meinte er, sollten wir uns in Acht
nehmen, die lauerten im Gebirge hinter jedem
Felsen.

Regina schauderte davor. „Hört mir bitte mit
den Schlangen auf! Nichts fürchte ich mehr, als
daß mich so ein Viech erwischt."

„Wir haben in Kroatien Wölfe gesehen", rief
Barbara. Das weckte meine Erinnerung. „Und
wir hatten in der Tatra des Nachts einen Bären
vor der Kohte!" erzählte ich den Mädchen und
setzte hinzu: „Am nächsten Tag aber meinte
der Seminarist Kuratenbegleiter, wir hätten
keinen Bären brummen gehört, sondern vielmehr den Pater Edi schnarchen. Aber Regina,
laß uns die Schlangen besingen, damit sie uns
nichts mehr anhaben können. Sie sind gewun-
den wie der Weg."

Alles lachte erleichtert auf und Kathrin wußte
ein Lied, das Manuela und ihr Bruder gleich an-
stimmten.

Staubiger Straßen weißes Band
schlängelt sich durch schroffe Felsen.
Dornen stehen am Wegesrand,
die Sonne brennt unbarmherzig
|: auf das ausgetrocknete Land. :|

Es grüßet uns ein sanfter Morgen
über grüner Hügel Höhn,
wir liegen im Schatten der Eiche verborgen
vor der Sonne heißem Glühn.
|: Da vergisst man vergangner Tage Sorgen! :|

Dornen stechen unsre Beine,
in der Macchia strahlt der See,
dort leben der Drachen uralte Keime:
Serpentinae, euch schützt eine Fee.
|: Ach, du Insel der Dornen und Steine

10. VIII 11

„Ach wie fein, daß es doch nicht so ist wie in dem Lied gestern!" lachte Regina, mit der ich den andern weit vorausgewandert war. Nach einer Stunde des Schweigens, in der ich meinen Rosenkranz zum Gebet aus der Rocktasche hervorzerrte wartete ich auf Regina. Ich setzte den Rucksack ab und sah mich um. Von Dürre und Trockenheit keine Spur, keine Sonne, kein sanfter Morgen. Gerade das Gegenteil war der Fall: Über die Nacht regnete es bis in die Früh, so daß wir die Hl. Messe sogar im Zelt feiern mußten. Pater Joseph errichtete aus seinem vorsichtig an die Kohtenstange[10] gelehnten Rucksack und einem Verbandskasten, in dem er seine Sakristei untergebracht hatte, einen Behelfsaltar. Daß er die alte Messe zum Volk gewandt zelebrieren mußte, bedauerte der Pater, doch

---

[10] Kohtenstange: Die „Kohte" ist das traditionelle Pfadfinderzelt. Es besteht aus vier Planen von gewachstem Stoff, die zusammengeknüpft ein pyramidenförmiges Zelt ergeben, das mithilfe einer Mittelstange, Schnüren und Heringen aufgestellt wird. Oben sorgen das „Kohtenkreuz und eine extra darüber gespannte Plane („Drachen") für Regenschutz von oben. In Montenegro hatten wir eine „High-Tech-Kohte" aus leichtem Goretex ™ - Stoff dabei. Diese ließen wir gleich zusammengeknüpft, und transportierten sie in einem wasserdichten orangenem Beutel.

selbst in St. Peter zu Rom war aufgrund baulicher Besonderheiten im 16. Jahrhundert keine andere Möglichkeit gegeben. Der Architekt Brunelleschi hatte die Kuppel eben noch nicht vollendet und das, was von St. Peter schon stand war mit Gerüsten zugestellt, so daß sich die Gemeinde rund um das Grab des Apostels zum Gottesdienst einfand.

Ich lächelte und half Regina aus dem Regenumhang. Die blonden Haare fielen dem Mädchen naß auf die Schultern und glänzten dort still und einfach. Genau sah ich die feinen Nuancen des Goldes, die sandhellen und die beinahe schon nußbraunen Fäden ihrer Locken.

„Gehen wir weiter?" fragte sie.

„Wir warten auf die anderen." beschied ich und reichte ihr meine Trinkflasche, „der Weg scheint sich hier zu gabeln und es wäre gut, wenn wir uns nicht allzuweit voneinander entfernen."

Regina nickte und fing mit ihren Augen das dampfige Graublau ein, das über dem reichbewachsenen Tal lag. Wir staunten über Huflattichblätter von immenser Größe ebenso wie über tropfenbehangene Spinnennetze. Gleichwohl bleib der Tag trübe und umgab unsere Schar mit einer ganz eigenen freundlichen

Traurigkeit, wie der Herbst sie manchmal bringt.

∗∗∗

Welche Orte werden mir wohl noch begegnen? Werden sie diesem ähnlich sein?

Der See auf der Hochalpe, umgeben von den zur Hälfte bewaldeten Bergriesen, dieser klare, schenkt Geborgenheit, ebenso wie das tiefe und bedächtige Schweigen unserer Schar und das Lagerfeuer im Schutz des Waldes. Fröstelnd drängte ich mich mit Barbara, Tatiana und Kathrin an die wärmenden Flammen, die aus einem von unbehauenen Steinen errichteten Herd loderten. Im Topf begann das Wasser zu sieden und Barbara bereitete alles zum Kochen vor.

Ich ließ meinen Blick über den See schweifen, der so still dalag wie Ursula. Sie war über der Lektüre des Betrachtungstextes eingeschlafen und regte sich kaum, als ich sie kurz an der Schulter berührte. An den Stamm eines Ahorns gelehnt, träumte dieses Mädchen weiter, als wäre nichts als Ewigkeit um sie. Und in der Tat schien vor diesem stillen See, auf dem sich kein Wellenschlag rührte, jegliches Zeitgeschehen zu schweigen.

Ich hockte mich nahe dem Feuer auf einen Stein und fand Ursulas Profil im Relief der Berge; fast fand ich es wieder, denn die Berge waren nicht gar so ebenmäßig wie die Linie, die zwischen dem Scheitel und dem Kinn dieses aus dem ferneren Osten stammenden Mädchens verlief. Was für ein schönes Geschöpf.

Ich blickte auf und räusperte mich. Das kann doch nicht wahr sein, brummte ich in Gedanken, daß ich eine solche Mädchensängerin bin! Und ich hüllte der Kälte wegen mein Gesicht in ein blaues Fischgrättuch, das über meinen Pullover herabwallte, ordnete meinen dunkelblauen Rock in seine Falten und setzte mich. Ach, wie gerne wäre ich bürgerlich und bieder, aber irgendwie scheint es mir nicht vergönnt zu sein, gleichwie ich es auch anstelle. Die weitausgespannte Sehnsucht meiner Jugend und die Träumerei versuchte ich mir auf die wohlmeinenden Ratschläge hin auszutreiben, indem ich mich an Männer verschachern ließ, von denen ich wußte, daß sie mich nicht liebten, noch meine Liebe ertrugen, weil sie sich zu klein dafür sahen.. Und da ich Gott als den einzigen Herrn anerkannte, beschloß ich, in Zerknirschung zu büßen und alles aufzugeben, was mich erfreute. Wohlan, wenn du ein Opfer gewollt hättest, ich hätte es dir gegeben[11] – Aber er wollte nicht. Statt dessen warf er mich ganz auf die glühende Begeisterung der Jugend zurück. Doch wer weiß, vielleicht ist das der Weg, der mir bestimmt ist, von dem ich aber abgewichen bin, nur weil ich dachte, etwas anderes seisei gesellschaftlich relevanter. Manchmal scheint mir, Gott führt mich meinen Weg in absoluter Dunkelheit, ohne mir einen Blick auf das Ziel zu gewähren. Habe ich Gefährten, Menschen, denen ähnliches bestimmt ist? Ich schaute in die Runde. Alle scheinen es glücklich getroffen zu haben und richteten sich beizeiten im Leben ein. Ach, es scheint so leicht zu sein. „Was," fragte ich nach dem Schweigen, „werden wir am Abend singen?

Endlos lang zieht sich die Straße,
hinter Wolken dämmert Morgen.
Früher Vögel Ruf im Walde,
Nebel steigt von Berg und Halde.

Auf dem blauen Tuch der Blusen
liegt der Staub der vielen Stunden.
Schweigend zieht die junge Horte,
weiter Weg braucht wenig Worte.

---

[11] Zitat aus Psalm 50 (51)

Wer kann unsre Wege messen,
wer kann unser Wollen wägen?
Alle, die mit uns marschieren,
werden Weg und Ziel erspüren.

Neuer Tag wird Sonne bringen,
Sonne ruft das junge Leben.
Dunkel kann es nicht mehr halten,
muss zu Hohem sich entfalten.

11.VIII 11

Ich erwachte in einem klammen und feuchten
Schlafsack. Mühsam schälte ich meine Glieder
aus dem Zelt und tappte zum See, auf dem sich
im Licht eines sonnigen Morgens die Nebel-
schwaden verzwirbelten.
Was in aller Welt mache ich da nur?
Nun gut, ich fahre. Von dem jungen Ehepaar,
das uns schon vom Wasserholen am Vortag bekannt war, fehlte bereits jede Spur. Die Beiden
mußten noch früher als wir aufgebrochen sein,
um die kühleren Stunden des frühen Morgens
zu nutzen; denn es versprach trotz einer kalten
Nacht ein brennend heißer Tag im Gebirge zu
werden.
An dem Brünnlein füllte ich meine Feldflasche
und wusch mein Gesicht. Auf einmal meinte
Ursula: „Du hast richtige Musikerhände!".
Weil mich diese plötzliche Bemerkung er-
staunte und mich in meinem Wesen traf, versuchte ich so grob wie möglich zu erwiedern:
„Es sind Bassistenhände, roh und einfach. Sie
sind kaum gewohnt, etwas Feineres zu um-
spannen als den Hals einer Viole, ja ich kann
sogar sagen, daß meine Hände mehr dafür

gemacht sind, die braune klumpige Erde als ein anmutiges Gesicht berühren."

Ursula schüttelte den Kopf, da sie die abgearbeitete Zartheit meiner Finger sah. Wie war es mir peinlich, einzugestehen, daß ich als Tochter des Orpheus gleichzeitig eine Schwester der Sappho war! Die Feier von Schönheit ist neben der Musik das größte Kreuz, das Gott mir auferlegt hat. Mutterschaft hat er mir verwehrt, weil meine Ehe kinderlos bleiben würde, und im Kloster kann ich nicht nur aus diesem Grund nicht sein, sondern weil mich weibliche Aufmerksamkeit in Verlegenheit bringt.

Ursula hielt mir ihre Flasche entgegen.

„Bitte, bringst du sie auf? Ich muß auch Wasser haben. Manuela sagte, daß wir heute abend an keiner Quelle lagern würden. Darum sollte doch jeder genug Wasser bei sich tragen."

Lächelnd nahm ich die Flasche und brachte aus meiner Rocktasche eine Stimmgabel zum Vorschein, die ich quer in die Öse des Schraubkorkens der Flasche legte und dann drehte. Mit einem leisen Ploppen öffnete sich die Feldflasche. Ich schüttete das alte Wasser weg, füllte neues ein und reichte die Flasche der Ursula.

Was sollen mir Kinderlosigkeit und Eheuntauglichkeit anhaben? Was die Mädchenliebe, wenn ich mich in ihr zu bescheiden weiß? O du schönes Mädchen! Gott allein hat dich so gestaltet und auch deinen Brüdern die Anmut und die Grazie verliehen – Warum sollte ich nicht das Schöne lieben, wenn Gott selbst es gebietet?

„De torrente in via bibet…"psalmodierte ich halblaut.

„…et exaltabit caput!"[12] antwortete Ursula.

***

Der Weg führte uns heute auf die Höhe des Sutjevska – Nationalparkes, von wo aus wir die Grenze nach Montenegro überschritten. Wieder einmal war ich weit voraus und heftete mich dem Pater Joseph an die Fersen. Der Umstand, daß ihm ein Mädchen trotz drei Kilo Milchpulver und des Gewichts der ganzen Kohte nebst ihren Habseligkeiten so mühelos folgte, mochte ihm vielleicht etwas seltsam vorgekommen sein, doch ich lachte nur dazu und schob die Kondition auf meine Herkunft aus dem Bergland Salzburgs.

---

[12] Übersetzung: Er wird aus dem Sturzbach am Weg trinken und sein Haupt erheben. Zitat aus dem Psalm 110 „Dixit Dominus".

„Wenn ich schneller oben bin, habe ich außerdem viel mehr Zeit, die ganzen Blumen und Sträucher der Alpe zu sehen," versicherte ich dem Geistlichen. Es wäre mir arg gewesen, hätte man mir je eine andere Absicht untergeschoben.

Pater Joseph nickte nur schweigend und ließ den Blick ins Tal schweifen. Er kommentierte keine Äußerung des Glückes, die mir angesichts der üppigen Almwiese immer wieder entfuhren. Ich schwelgte in dem Rausch der Farben und Formen und pries Gott im Herzen für das tiefe Blau jedes der fünf Blätter eines Schusternägelchens, das neben violettem Klee und gelb blühenden Hauswurz aus einer feuchten Felsspalte wuchs.

Als hätte er meine Gedanken erraten, fragte mich der Geistliche auf einmal:

„Was ist ein Hauswurz? Ist es diese Minipalme?"

„Sempervivens crassulazeum," antwortete ich und dankte meinen Botanikkenntnissen, die ich von einer Biologiestudentin erworben hatte. Aber selbstverständlich war der Name nicht alles was ich über den Hauswurz wußte, darum fuhr ich fort: „Heißt auch Jovisbart und macht die Dächer, auf denen er wächst, wenig

empfindlich gegen das Feuer, weil seine Wurzeln die Feuchtigkeit anziehen. Seine palmettenförmigen dicken Blätter und seine seidigen Blüten erinnern eher an einen Kaktus. Hier im Balkan blüht er meistens gelb, selten fuchsiafarben. Und Hildegard von Bingen verschreibt ein Extrakt seiner Blätter gegen..."
Regina kam mit ihrem Lilienbanner in Sicht und Pater Joseph blinzelte mich in meiner spontanen Gelehrtheit an.
„Gegen was verschreibt Hildegard Hauswurz?", wollte er wissen und ich geriet in Verlegenheit. Ich sah die Fahrtenschwestern nach und nach über den Abhang nach oben steigen.
„Gegen... nein eigentlich für... ach gleichviel, das ist jetzt nicht so wichtig. Wir müssen weiter, Regina wie geht's und, Kathrin, da bist du ja auch: Soll ich dir noch etwas aus deinem Rucksack tragen, damit es leichter wird. Kommt die Ursula mit den anderen schon nach?"
So flüchtete ich mich in die Fragen und Pater Joseph rückte schmunzelnd sein lilienbewehrtes Barett zurecht und erhob sich von seinem Stein. „Ach, ihr Pfadfinderinnen seid doch alle Quasseltanten!"

Ich errötete vor Scham und ballte insgeheim die Fäuste gegen mich selbst. Von meiner rechten Hand bröselte noch das geronnene Blut, das ich mir fortwischte, als ich bemerkte, daß mein Ausrutschen am Felsen doch keine harmlose Schürfwunde verursachte.

„Nein Pater, kein überflüssiges Wort mehr. Vergelt's Gott für die Schelln!"

Manuela blickte uns alarmiert an. Die Suche nach einem Weg über die Grenze nach Montenegro über das grüne Tal stellte sich als aussichtslos heraus. Pater Joseph hatte vom Gebirge her die Gegend erkundet und Manuela wagte einige Schritte in die dolinenreiche Weite.

„Es hilft nichts, wir müssen um den Berg herumgehen und versuchen im Tal nach Pluszine zum Fluß Drina abzusteigen."

„Wann werden wir dort sein?" fragte Elisabeth und ich schüttelte den Kopf. Ein Blick auf die Karte sagte mir, daß wir vielleicht in zwei Tagen die Talsohle von Pluszine erreicht haben würden, um ins Durmitorgebirge zu neuen Wegen zu fahren. Zunächst galt es, das wasserlose Tal zu durchqueren und an irgendeinem Punkt zu nächtigen, von wo aus man gut absteigen konnte.

„Betet lieber eine Quicknovena[13], das Gebet der seligen Mutter Theresa von Kalkutta, damit uns kein Bär erwischt. Überall sind die Steine umgedreht: Eindeutige Spuren des Bären.", warnte uns Manuela.

Ich schaute in die Runde und jeder nickte. Was blieb uns auch anderes übrig?

Als wir uns im Auf und Ab des unübersichtlichen Dolinentales durch die Macchia kämpften, redete ich so laut wie möglich mit Theresia und erzählte ihr von meinem Leben, von meinem Weg ins Kloster und dem viel schwereren Weg wieder hinaus.

„Weißt du, wenn du alles auf Äußerlichkeiten schieben könntest wie beispielsweise das frühe Aufstehen und das viele Beten, dann wäre alles für mich kein Problem, dann hätte ich vor der Welt noch bestanden. Sagen wir so: Die Welt hätte solche Äußerlichkeiten als Grund gerne akzeptiert, aber es war nicht dies. Gott wollte mich an einer anderen Stelle und es ist nicht jene, von der ich dachte, es sei die Stelle, die

---

[13] Eine Novene ist normalerweise ein Gebet, das an neun aufeinanderfolgenden Tagen verrichtet wird. Mutter Theresa hatte in manchen Angelegenheiten aber einfach keine neun Tage Zeit, daher entschloß sie sich dazu, neunmal das Mariengebet „Memorare, o piissima virgo" hintereinander zu beten – und sofort stellte sich Rettung ein!

Gott besonders gefällt. Ja, es war für mich das Höchste, als Schulschwester Gott zu dienen, eine Gnade für mich, die ich früher in schwerer Sünde lebte. Aber ich wurde stolz in meinem Verzicht auf die Musik und das Leben, ich sonnte mich in der vermeintlichen Gnade des Verzichtens. Leicht war es, mich über die Eitelkeit und über die Habgier der Menschen zu erheben. Leicht war es auch, die Lust zu den Männern und Frauen gelassen beiseite zu legen wie ein längst schon gelesenes Papier. Auch den Gehorsam leistete ich willig. Ich diente ohne Widerspruch der Oberin, ich machte alles und gestatte mir nichts. Doch ich liebte die Musik weiterhin zunächst Gott vor allen Menschen und es gelang mir nicht, sie mir zu versagen. Sie war meine Brücke, ach Liebe, meine Krücke zu den Menschen. Ich kann nicht gehen wenn mich das Lied nicht trägt. Und es gehört Freiheit dazu, sich tragen zu lassen… Theresia, es bedarf einer unendlichen Liebe."

„Ich verstehe dich, Sissi. Ich war natürlich auch im Chor des Gymnasiums, wir haben gesungen. Alles klang akkurat und wohlbedacht, schön und gutgesetzt. Aber etwas war nicht dabei, dessen Existenz wir nicht beachteten. Gerade so als hätte man es uns vorenthalten ."

„Es war die Liebe, Theresia, nichts als sie." antwortete ich und fuhr fort: „Sie krönt den Gesang."

Ich schaute in die weite Macchia Montenegros und in den blassen Nachmittagshimmel und dankbar erhob sich meine Seele. Einen Moment schwelgte ich in der Erinnerung an den Gesang einer reinen Musik, zu der ich vor wenigen Tagen wurde. Ewigkeit wohnte dort, weil ich unvermittelt das Kind von fünfzehn Jahren war, das Mädchen, das sich einst einem singenden Engel in die Arme warf. Vielleicht war das damals der Beginn meiner Musik, meiner Liebe. Vielleicht der Geburtstag meiner Schüler. Mir fällt gerade auf, daß ich zu viel „mein" sage. Ich sollte weniger egoistisch werden.

„Und andere?" fragte Theresia zögernd, als sie meine stille Entrückung sah.

„Die anderen müssen sich den Gesang erschweigen... um dann in Wahrheit singen zu können"

Theresia schüttelte den Kopf „Sissi, du bist mir ein Rätsel."

✳✳✳

Ein liebliches Tal mit einer Quelle wies uns ein Hirte, als wir schon an einem bergbeschirmten Tümpel mit trübem Wasser unser Zelt auspacken wollten. Urplötzlich kamen von den abendlich mattbesonnten Höhen, die wir gerade verlassen hatten, ein Reiter und ein Hirt von drei Kühen entgegen. Obwohl Regina uns etwas von Schmugglern zu Pferde zuraunte, ging Manuela den Mann beherzt an und fragte ihn nach einer besseren Quelle als jener, an der wir nach einem langen Tagesmarsch lagerten. Aus der Ferne beobachtete ich die Szene, während ich mit Tatiana versuchte, das klare Wasser des Tümpels abzuschöpfen, welches Kathrin vorsorglich mit einer Chemikalie reinigte; denn immerhin wanden sich Blutegel und anderes Gewürm an unseren Schöpfgefäßen vorbei. Um wieviel schöner war der neue Ort! Die Waschaktion im unwegsamen Gelände lag hinter uns, und so entfachten wir auf einer Wiese unser Feuer und stellten die Kohte auf. Auch die andere Zeltkonstruktion mit einer blauen, an den Seiten mit Ösen versehenen Baumarktplane erhob sich bald. Weniges entfernt hatte der Pater seinen Unterstand errichtet und sprang nun mit seiner Mandoline über das kleine Rinnsal zum Lagerfeuer. Es dämmerte, die ersten Sterne erschienen und Pater Joseph stimmte sein Instrument, allein Manuela schüttelte unzufrieden den Kopf und wandte sich ihrer Klampfe zu.

„Was ist's denn?" erkundigte ich mich bei Manuela.

„Stimmt irgendwie nicht", brummte sie„ magst du es übernehmen?"

Als Gambistin fiel es mir leicht, die Quarten der Gitarre ins Reine zu bringen. Ich nickte dem Pater zu, mir seinen Ton zu geben.

Vielleicht ist es übertrieben, zu sagen, daß unsere Schar andächtig war, als wir sangen, doch konnten wir gleichgültig bleiben? Da wir das Vorspiel hörten, ging ein Raunen durch die Runde. Es war unser Lieblingslied:

Den Sternen gleich, die hell erstrahlen,
seh' ich die Heil'gen früher Zeit;
sie leuchten klar trotz dunkler Qualen,
es klingt ihr Ruf: Bist du bereit?

Den Pfad betratst du einst voll Lachen,
an dessen Gabelung du stehst;
müh' dich dies Glück wohl zu bewachen,
sei Licht, wo du im Schatten gehst.

Schlägt auch der Kampf dir viele Wunden
und färbt bald rot sich dein Gewand;

doch wisse, du wirst neu gesunden,
denn dich wird tragen Gottes Hand.

Die Nacht neigt sich, du musst nun gehen;
Gott schütze dich, wo du auch bist.
Es gilt in Stürmen fest zu stehen;
du strahlst, wenn du dich selbst vergisst.

Und plötzlich war es mir, als würde man mich gewaltsam in den Gesang hineinhalten, hineinzwingen. Das auflodernde Feuer vor mir erschien als unumgängliche Notwendigkeit, in die mich meine Seele drängte. Ja, der Gesang ist wie ein Feuer, das uns ergreift und an uns frißt. Je mehr wir uns selbst verlieren, desto höher werden wir wachsen. Wir werden in der Welt emporzüngeln wie Flammen und unsere Liebe für den einzigen König wird strahlen wie ein blankes Schwert, mit dem wir die guten Heiden unserer Zeit zu Rittern Gottes schlagen.

12. VIII 11

„Hat eigentlich irgendwer so etwas wie einen Weg gesehen?"
Ratlos standen wir im Gelände und schoben die Zweige des dichten Unterholzes zur Seite. Manuela war mit ihrem Bruder bereits außer Sicht- und Hörweite; laut Karte mußte zu einem See ein Pfad führen, doch daß die Karte nicht immer mit der wirklichen Geländesituation übereinstimmte, hatten wir gestern bereits bemerkt. Auch mochte der unwetterreiche Frühsommer das Tal verändert haben.
Tatiana richtete sich unter ihrem gewaltigen Rucksack auf und erschien noch größer, als sie ohnehin war. „Ich würde vorschlagen, wir steigen über die Baumstämme…"
„Oder wir kriechen unten durch…", ergänzte Kathrin.
„Jedenfalls sollten wir froh sein, daß es bergab geht." meinte ich und richtete den Rucksack, „runter kommt man immer."

∗∗∗

Und wirklich: Bald traten wir an eine Lichtung mit einem meerblauen See, auf dem sich keine

55

einzige Welle kräuselte, zwischen den Steinen am Ufer wucherten Dickblattgewächse und trockene Moose. Vom nur spärlich begrünten Gebirge, durch das wir gestern wanderten, kamen wir langsam in üppigere Gegenden.

Den langen Abstieg ins Tal von Pluszine säumten merkwürdige Begebenheiten mit Bewohnern der Region. So bemerkten wir bei unserem Mittagshalt immer wieder die gleiche Szene: Auf der sandigen Straße bretterte ab und zu ein Auto vorbei. Dieser Umstand an sich verwunderte niemanden von uns, wenn man einmal davon absieht, daß wir schon lange kein Fahrzeug bemerkt hatten. Nur eine Tatsache machte mich wirklich stutzig.

„Komisch. Die Leute hier scheinen es mit Autokennzeichen nicht so zu halten. Bis jetzt war keines der Autos angemeldet. Oder hast du eins mit Nummernschild gesehen?"

Kathrin schüttelte den Kopf.

„Dafür aber sind es gesellige Leute," meinte sie und nun war ich ratlos und fragte Kathrin, was sie da so sicher mache und die fuhr fort: „In jedem der Autos saßen mehr als fünf Personen. Vielleicht nehmen die jeden Tramper mit."

Das wäre ja eine feine Sache; denn Manuela hatte schon ein paarmal davon gesprochen, nur

im Notfall bei längeren Strecken auf die öffentlichen Verkehrsmittel zurückzugreifen, um so die Kasse zu schonen. Allerdings kann man mit derartiger Transportmöglichkeit auch ganz gehörig eingehen, wie ich aus der Erinnerung an die Slowakeifahrt wußte. Bei der Kombination der Buchstaben „SL" auf einem Kennzeichen lese ich seit dem damaligen Tramptag nicht in erster Linie „SalzburgLand" oder „Schleswig", sondern immer „Stara l'Ubovna". Keines dieser Autos konnte mich zur Zipser Burg bringen, so mußte ich nach vergeblichen Stunden am Straßenrand mit Rita den Bus nehmen. Also besser kennzeichenlose Autos als solche aus SL.
Bei einem Haus bemerkten wir ein paar Leute, die sich allerdings wenig erfreut von unserem Erscheinen zeigten.
Aufgebracht gestikulierend zerrte eine Frau den jüngeren Mann zum Auto, während der ältere eilig etwas aus dem Haus trug und ins Auto warf. Kaum hatte der Mann die Wagentür hinter sich zugezogen, startete die Frau unter ständigem Schimpfen und das Paar brauste mit quietschenden Reifen davon. Der Ältere ging verlegen auf der Veranda seines Hauses auf und ab und ließ uns nicht aus den Augen. Mochten wir auch nichts von dieser

wortreichen Szene verstanden haben, dämmerte mir gleich, was es mit der überstürzten Flucht des Paares auf sich haben könnte.

„Die haben uns in unseren Hemden für die Polizei gehalten und sind getürmt. Vielleicht beobachtet uns der Alte deswegen so genau und wundert sich, warum wir so lange zögern, sein Haus zu durchsuchen.“

„Ach, Räubergeschichten, “ winkte Pater Joseph schmunzelnd ab, „der hat sich bei unserem Anblick an die zahlreichen Gäste erinnert, die morgen zur Party kommen werden, darum hat er sie noch rechtzeitig vor Geschäftsschluß zum Einkaufen geschickt. Das sollten einige von uns übrigens auch tun, damit wir am Abend was zum Kochen haben.“

Kaum hatte er das ausgesprochen, hielt schon ein Auto. Wiewohl Fahrer und Wagen einen alles andere als vertrauenerweckenden Eindruck weckten, überzeugte Manuela ihre Mitschwester Maria Theresia, sich mitsamt ihrem Rucksack auf den Beifahrersitz zu drängen. Ursula und Elisabeth quetschten sich auf die nach Treibstoff stinkende Rückbank und das Auto ging bedenklich in die Knie, doch der Mann setzte sein Gefährt mühsam in Bewegung.

Immerhin hatte es ein, wenngleich sehr verstaubtes, Nummernschild.

„Hoffentlich kommen die in Pluszine an!"

Wir anderen folgten zu Fuß der Straße entlang der Uferböschung des Drinastausees und bald wanderte ich wieder neben dem Pater her. Die meiste Zeit schwiegen wir, bei den Mädchen hingegen hörte ich oft munteres Gelächter. Mal sagt mir das eine zu, dann wieder das andere, dachte ich, so soll es recht sein. Im Schweigen sieht man den Menschen neben einem in einem anderen Licht, so wie im Gesang, doch ich könnte nicht sagen, welches die Seelen schöner zum Vorschein bringt. Erst als wir am Ortsrand von Pluszine auf die Mädchen warteten, wies mich der Pater auf einen Lagerplatz am Ufer hin.

„Die Fahrt mit dem Mann in der Karre war einfach phänomenal," erzählte Barbara beim Abendessen am Stausee, „er hat geglaubt, daß wir alle die Frauen vom Pater Joseph seien, weil er sich nicht vorstellen könne, ein Pope würde freiwillig mit zehn Mädchen auf Reisen gehen. Am Ende wollte er von jeder drei Euro, aber wir sind einfach ausgestiegen und gegangen."

Sie kicherte. Ab jetzt war ja der Pater nicht mehr allein, weil der Seminarist Michael zu uns stieß und nun ohne mit der Wimper zu zucken, die Reste eines heillos versalzenen Gurkensalates[14] vertilgte, die ihm Regina schuldbewußt in den Teller schöpfte.

Vermutlich war ihr die Salzdose ausgekommen, weil ihr der Schreck von der Waschaktion am Stausee in den Gliedern saß.

Ich erzählte: „Hier ist ja alles mögliche Gerümpel ans Ufer gespült und so dachte ich beim Waschen: Toll mit so einem langen Stab könnte ich ja meinen nassen Rock und vor allem mein Hemd auswinden. Ich streckte meine Hand nach dem vermeintlichen Stock aus und siehe da! Er begann sich s-förmig in Windungen zu legen und selbständig zum Strand zu schwimmen. Ich war so begeistert, endlich eine Ringelnatter im Wasser zu sehen, daß ich es sofort der Regina erzählte – was sie nicht annähernd so freute.“

---

[14] Naja, es war kein wirklicher Gurkensalat. Es war vielmehr das Grüne einer Wassermelone, das wir als Salat anmachten.

Teil II: Im Durmitorgebirge

13. VIII 11

Heute mußte eine ausrangierte Kommode, welche Michael am Ufer angeschwemmt fand, als Altar dienen. Kurz vor der Messe wandte sich der Pater noch einmal zu uns, um ein paar Worte über den Tagesheiligen zu sagen, den Hl. Hippolyt.

„Er lebte als Theologielehrer im dritten Jahrhundert nach Christus und war unheimlich schlau, so schlau, daß er sich für den Papst hielt...das war allerdings eine dumme Angelegenheit, denn Papst war damals schon der Hl. Kassian, der ihn einfach exkommunizierte. Aber trotzdem ist Hippolyt ein Heiliger, weil er zusammen mit Kassian auf Sardinien das Martyrium erlitt."

Schon ging Michael hinter ihm drein zum Altar, da drehte sich der Pater unvermittelt noch einmal um und stieß fast mit seinem Ministranten zusammen, der darauf nicht gefaßt war.

Nun folgte eine symbolische Deutung des Lageraltares: „So wie an diesem Ufer sammeln sich in unserem Leben unglaublich viele Dinge an, von denen unzählige uns nur unnötig belasten. Sie sind aber nicht alle schlecht, denn manche können, wie diese Kommode, dem Heiligen dienen."

Die Prozession aus Ministrant und Priester hatte den Altar beinahe erreicht, als sich Pater Joseph ein drittes Mal umwandte, und dabei dem Michael auf den Fuß getreten sein mußte, denn der machte einen kleinen Sprung zur Seite. Unser Geistlicher ließ sich nicht von seinem Vorhaben abbringen.

„Das mit dem Gerümpel am Ufer, das würde der Hl. Hippolyt, der übrigens Patron der Diözese St. Pölten ist, nicht so sehen. Aber das macht nichts."

Kam noch etwas? Ein wenig schien der Pater zu zögern und zu überlegen, als er sich wieder dem Herrn widmete. Und in der Tat.

„Aber ich seh' das so… und der Hl. Thomas bestimmt auch, wenn er jetzt hier wäre."

Von meinem Platz aus konnte ich sehen, daß er lächelte wie ein Schelm – oder wie der Hl Thomas!

✳✳✳

Unserem Chauffeur allerdings war das Lachen vergangen, als er die Rucksäcke nacheinander in den Kofferraum seines Lieferwagens wuchtete. Zwar erklärte er sich gestern mit der Höhe des Fahrpreises einverstanden, den ihm

63

Manuela verhieß, wenn er uns ins Durmitorgebirge führe, aber vermutlich unterschätzte er unsere Anzahl: Das Auto hatte nur neun Sitzplätze, dafür aber vorne und hinten zwei unterschiedliche Kennzeichen.

„Zur Not müssen die Herrn eben trampen", meinte Ursula, aber Tatiana drängte auch die in den Wagen.

„Wird schon gehen, wir haben gestern gemerkt, daß die Montenegriner es lustig finden, in überfüllten Autos zu fahren. Aber, du hast recht, es ist wirklich ein Wunder, der Bursche fährt uns tatsächlich zu zwölft."

Nach der Fahrt auf einer kurvenreichen Paßstraße priesen wir unsere unversehrte Ankunft im Hochtal als das eigentliche Wunder, denn der junge Mann lenkte den Wagen ungestüm und viel zu schnell.

„So heizen eigentlich nur Pfarrer und Musiker und dazu habe ich schon die absonderlichsten Theorien gehört," tadelte ich und zückte endlich mein Schreibbuch, das mich schon den ganzen Sommer begleitete. Jede freie Minute nutze ich, so auch jetzt die Suche der Geschwister Christoph nach Feuerholz und Wasser.

In der Zwischenzeit fand sich alles, wenn auch in sehr spärlicher Menge. Wir bewegten uns in einer äußerst kargen Hochgebirgslandschaft, in der vollendete Stille herrschte. Schweigend begab ich mich an den Talgrund, wo am unteren Rand eines gemauerten Steintroges Wasser hervorsickerte. Wer hätte sich gedacht, daß ich einmal so froh über frisches Quellwasser sein würde, um meine Knie zu kühlen: Nicht die Kraft versagte mir langsam den Dienst, sondern die Gelenke. Aber was ist schon ein schwerer Rucksack, wenn die Seele sich wieder von den Lasten befreit?

So nachsinnend saß ich mit dem Hortentopf[15] und dem Schöpfgefäß beim Brunnen, inmitten einer uralten Wildnis von geborstenen und wieder begrünten Felsen, die mir schien wie mein eigenes Leben. Längst Vergangenes tritt hier zutage. Was wird bei mir noch alles ans Licht kommen?

Wieder bei den anderen hörte ich den Pater erzählen: „Wenn es zu wenig Holz gibt, müssen wir eben mit dem Schafsmist heizen. Wir können auch den Müll verbrennen, anstatt ihn mit uns herumzutragen. Als wir in Georgien gesehen haben, daß die Einheimischen dort, wo es übrigens auch kein Holz gibt, den Müll am

---

[15] Hortentopf: Gemeinschaftskochgeschirr aus Leichtmetall, den man an einem Dreibein über das Feuer hängen kann.

Fuße des Berges Kasbek zum Feuern zusammensuchten, haben wir uns das auch so angewohnt.[16] Man sollte in einem fremden Land überhaupt nicht so viel Scheu vor den Leuten haben und oft mit ihnen ins Gespräch kommen, wie grad vorher bei der Bäuerin, von der wir Milch und Käse bekamen. Das war garnicht so schwer: Statt das Wort für Kuh oder Schaf zu wissen, habe ich einfach Muuh oder Määh gemacht, das hat funktioniert."

Als ich mich am Abend fröstelnd in den Schlafsack verkroch, konnte ich auf einen stürmischen Nachmittag zurückschauen. Wir bekamen drei Bergsteiger als Zeltnachbarn, die uns zunächst nicht weiter bekümmerten, doch gegen sechs Uhr ging ein fürchterliches Gewitter auf uns nieder – und wir hatten die Kohte von oben noch nicht mit dem Drachen gesichert! Nun galt es schnell zu sein, aber wie den Drachen befestigen, wenn wir nicht die Kohte abbauen wollten, die einzige Möglichkeit, unsere Rucksäcke im Trockenen zu lagern?

---

[16] Als ich im Jahre 2014 mit Manuela und den Rangern tatsächlich mach Georgien fuhr, machten wir es genau so.

Kurzentschlossen hievte mich Tatiana auf ihre Schultern. Dort schwankte ich wie ein Schiffsbub, der versucht, bei rauer See den Mastbaum an der Spitze zu reparieren. In der Zwischenzeit schafften es Ursula und Theresia irgendwie, das Feuer aus wirklich fürchterlich stinkendem Schafsdung und nassen Zaunlatten in Gang zu halten, um darauf den Reis zu kochen. Dabei kam ihnen einer der drei Mann vom Nachbarzelt mit einem Schirm zu Hilfe und Manuela lud den „Umbrellafriend", als den er sich bald bezeichnete, mit seinen Bergsteigerfreunden zur Abendrunde ein, bei der auch kroatische Lieder gesungen wurden. Den verbleibenden heißen Tee füllte sich Ursula übrigens in ihre Trinkflasche.

„Mein Bruder, der Ignatius, hat sie mir gekauft, weil sie nicht nur besonders kühl hält, sondern auch warm, vor allem im Schlafsack, das muß ich ausprobieren."

Daß Ignatius ein Gutteil Lagererfahrung hat, zeigte sich auch in der Wahl der Regenhaut und des Rucksacks, den er seiner Schwester mitgab. Auch der Schlafsack schien selbst für Expeditionen in noch unwirtlichere Gegenden tauglich zu sein. In dieser Angelegenheit hatte ich meine Schwachstelle, denn mein Lagerbett war eben leider von Tschibo und hielt dementsprechend nicht sonderlich warm. Und meine Regenhaut, die ich auch als Wärmeisolierung benutze, schützte den Unterschlupf der beiden Herrn, der nur aus einer Baumarktplane bestand, welche mittels Wanderstöcken zu einem zeltartigen Gebilde aufgespannt war.

Ich fror nun wirklich stark und versuchte meinen Rock und meine Winterjacke wie eine Decke über mich zu breiten, wo sie aber nicht lange liegenblieben, weil sie an der Nylonoberfläche des Schlafsackes immer wieder abglitten. Mit der Regenhaut, die mir sonst diese Dienste leistete, schützten die Herren ihre zum Zeltdach aufgespannte Baumarktplane gegen den Wind und den immer wieder einsetzenden Regen. Morgen wollten auch wir so früh als möglich starten, damit wir nicht bei der größten Mittagsglut über den Sattel steigen mußten. Aber ob der Tag sonnig werden würde, oder Regen und Wind unseren Weg beschwerlich machen sollten, wußte niemand zu sagen.

14. VIII 11

Außer der Kälte suchten mich in der Nacht fürchterliche Angstträume heim. Wo ist nur mein Kunstprofessor M.F.Z. gelandet? In der größten Verzweiflung saß er da und große Tränen entströmten seinen wasserblauen Augen. Unter Schluchzen erzählte er mir, daß ihm alles mißlungen sei. Ich konnte mir das nicht erklären, zumal er in seinem Beruf internationale Anerkennung erlebte.

„Vielleicht braucht er das Gebet," vermutete Kathrin, der ich es nach dem Frühstück leise zuraunte, und so setzte ich mich an diesem unerwartet wolkenlosen Dämmermorgen beim Aufstieg hinter dem Pater in Bewegung und betete den Rosenkranz, als ich in gewisser Entfernung war, den Geistlichen voraus und die Mädchen mit Michael hinter mir. Ich konnte keine Begleiter brauchen, wenn ich versuchte, im Gebet die nächtliche Erscheinung mit Frieden zu umgeben. An der Sattelhöhe fand ich Joseph in sein Brevier versunken und sein Schweigen vertrieb zugleich mit den wärmenden Sonnenstrahlen die letzten Schrecken der Nacht.

Oben teilten sich die Wege derer, die noch den Gipfel erklimmen wollten und jener, welche gemächlich zum See abstiegen. Letztgenannter Gruppe schloß ich mich an und verfrachtete einiges Gepäck von Elisabeth und Ursula in meinem Rucksack, damit sie unbeirrt hinabgehen konnten. Nun war ich auch wieder gesprächiger und ich redete mit Ursula viel über Musik, die auch in ihrem Leben eine große Rolle spielt: „Ein Dasein ohne Musik ist für mich einfach undenkbar," gestand sie mir, während wir im Schatten einer Birke auf die anderen Beiden warteten.

Am See arbeiteten wir uns durch das Gestrüpp und suchten nach einem geeigneten Lagerplatz, doch das Gelände war uneinsichtig und überall bewuchert. Barbara seufzte.

„Eigentlich ideal, so versteckt zu sein, aber wie willst du da eine Kohte aufstellen, wenn man kein Fleckchen ebene Erde in Größe der Grundfläche findet? Naja, morgen ist Festmesse, da üben wir einfach gleich einmal, wo die Schola grad beinander ist." Sofort wurden die Noten herumgereicht und ich erkannte ein paar altbewährte Stücke. Bald kamen die anderen daher und die Kohte stand trotz aller Widrigkeiten des Ortes in einer windgeschützten Nische zwischen einem Findling und dem Ufergebüsch. Die Baumarktplane spannte sich dahinter aus, und ein Lageraltar wurde in einem sonnendurchdrungenen Hain von knorrigen Buchen errichtet, wo ein kleines Bächlein vor sich hinmurmelte. Rauchschwaden vom Lagerfeuer stiegen durch das Geäst und verliehen den Sonnenstrahlen eine zart schwebende Körperhaftigkeit. Das Licht floßdurch den Rauch und durch das Blattgrün, das in einer mattkristallenen Weise durchscheinend wurde. Und dem allen enttrat unmerklich eine mit dem Zauber des Ortes verwachsene Gestalt aus reinem F-Dur... in Sapphos Hain[17] blühte eine Lilie.

Die Antike hatte ein christliches Gesicht bekommen.

Pünktlich um sechs schob sich wieder ein Gewitter über die Westwand des Gebirges und wir nutzten unseren Kohtenaufenthalt für eine Chorprobe. Weil die Zeit drängte und Barbara

---

[17] Die griechische Sängerin Sappho (6./7. Jhd. V. Chr) schildert in einem ihrer Lieder einen „magischen" Ort, an dem ihre Zuhörer die Erscheinung einer Gottheit erleben. Der Ort ist zeitlos und taucht sowohl in der Literatur als auch im „wirklichen" Leben auf.

zu ungenaue Anweisungen gab, riß ich sträflicherweise das Kommando über die Sängerschar an mich. Daß ich die Tenorstimme des Avemaria von Arcadelt auch noch nie gesehen hatte und mich daher nicht in ein gemachtes Nest setzen konnte, reizte mich zudem, meine übliche Langmut schnell zu verlieren. Ich griff zu den scheinbaren Lieblingsworten eines jeden Chorleiters.

„Nicht diskutieren! Da paßt was nicht. Wir werden immer tiefer und langsamer: Alt bitte allein…Wer singt denn alles Alt? Was, Theresia, du auch, warum sitzt du dann beim Sopran vorne? So und jetzt noch einmal der Alt.“ Manuela staunte nicht schlecht, da ich so rigide war.

„Mach ich das zu streng?“ fragte ich sie neben mir, aber sie schüttelte den Kopf.

„Nein, nein, das muß schon so sein, sonst kommt nichts dabei raus.“

Beim Rosenkranz und spätestens zur Abendrunde waren unsere vielleicht entstandenen Unstimmigkeiten wieder aufgelöst. Theresia, die ich bei der Probe so anging, meinte, ihre Wortkargheit käme wohl eher von der Müdigkeit nicht etwa, weil sie auf mich schlecht zu sprechen sei.

15 VIII 11

Beim Aufstieg ging es durch enge Felsspalten, die schier unpassierbar schienen, zumal wir schwer beladen waren. Ich kam mir ohnehin schon vor wie Isaak, weil ich ein großes Bündel Holz mittrug. Pater Joseph erwartete mich an der Stelle, wo die Strapazen und Gefahren begannen.

„Ich weiß nicht, wie sich der Wanderer das vorgestellt hat, indem er den Weg als leicht bezeichnete. Wir warten hier zusammen, es gehen welche vor und tragen dann die Rucksäcke der anderen über den Steig."

Diese Taktik stellte sich als klug heraus, weil sie vor allem den Unerfahrenen unter uns die Möglichkeit gab, sich auf die Kletterei zu konzentrieren und nicht ständig das labile Gleichgewicht halten zu müssen. Besonders Regina half den anderen in geradezu ritterlicher Weise. Noch karger als der Eingang des Durmitorgebirges war sein Herz, dessen graue Gipfel einige unserer Schar erklommen. Ich war nicht von der Partie.

„Warum kommst du nicht mit?" fragte mich Michael erstaunt. Immer wieder wunderte er sich über meine Schnelligkeit, wenn es bergauf ging. Doch raufsteigen ist nur die eine Seite des Kletterns. Irgendwie muß man auch wieder hinunter und genau das fällt mir aus zwei Gründen schwer: Zum einen sehe ich die Abstände der Trittsteine nicht, auf die man seine Füße setzen sollte, zum anderen sind meine Kniegelenke seit der Kindheit einfach nicht zu gebrauchen, weil es früher kaum eine Kante gab, die ich aus Tollpatschigkeit nicht hinuntergefallen wäre. So einen Raubbau ertragen selbst die stabilsten Gelenke nicht, darum erschien es mir klüger, besser vom Gipfel fernzubleiben, wenn ich nicht hinaufsollte, zumal die Fahrt ja noch einige Zeit dauerte, die Kohte nicht kleiner und leichter, meine Wäsche nicht trockener wurde und das Milchpulver sich auf wunderbare Weise zu vermehren schien. Außerdem ist es für mich selbstverständlich, das zu tragen, was andere aus Schwäche nicht vermögen, solange sich mein Ungemach in Grenzen hält.

Theresia erlitt einen Zusammenbruch und wir legten sie in den Schatten eines Felsblockes, während Maria Teresa und Ursula versuchten, auf der einzigen Grasnarbe des ganzen Tales die Kohte aufzustellen. Schon eine halbe Stunde mühten wir uns ab und bald war das Zelt beinahe ideal platziert, da knackste es im

Inneren vernehmlich und alles fiel über Maria Teresa zusammen wie ein Schwimmreifen, dem man plötzlich die Luft ausließ. Die Stange war gebrochen und nun war guter Rat teuer. Da fiel mir ein: „Wart, ich hab Kabelbinder dabei, mit denen könnte es gehen!"
Maria Teresa schaute mich entgeistert an.
„Du hast ja wirklich alles dabei: Fischdosen, Stimmgabel, Winterjacke, Notenheft, Filzstift, Werkzeug..."

∗∗∗

Welcher Künstler hätte malen können, was sich mir vor Augen stellte?
An jenem See, der tiefblau schimmerte wie die Nacht und von eisgrauen Bergriesen umstellt war, wandelten fünf Mädchengestalten am Ufer entlang. Ihre ebenso blauen Kleider schienen aus dem Wasser emporzuwachsen und ihre Körper erhoben sich wie die fremdgeformten Äste eines sonderbaren kaum bewegten Meerbaumes mitten im Gebirge. Nichts als fahles Nachmittagslicht und das uralte Schweigen des flechtenlosen Gesteins beherrschte den Ort. Eine jede der jungen Frauen war ganz ihrer jeweiligen Tätigkeit hingegeben und ohne die anderen zu beachten, fuhren sie in ihren Handlungen fort: Die eine ließ am Ufer kniend das

schwarze Wasser in ein Gefäß strömen, die andere erhob sich und benetzte ihren Arm oder ihren Kopf mit dem kühlen Naß und wieder eine andere goß es aus einiger Höhe zurück in den See. Wie ein Band der Bewegung zog sich das stille Gehen und Niederneigen, das Heben und Senken der Arme durch die Mädchenschar, so daß sich ein wortloser Reigen ergab, als hörten sie dieselbe innere Musik, nach der sie ihre Schritte setzten. Unbeschreibliche Anmut wohnte in alledem und nahm dem Ort jegliche Rauheit und Härte. Vielleicht ist daher dieser Karsee als liebliche Stätte in meiner Erinnerung verblieben, obwohl nichts abweisender erscheint.

✳✳✳

Ich wollte am Ende der der Hl. Messe zum Fest der Assumptio Mariae[18] schon das Zeichen zum Beginn des Arcadelt-Avemaria geben, da raunte mir Maria Teresa zu: „Nein, erst Kräutersegnung!"
Tatsächlich hatte beispielsweise Elisabeth schon während des Tagesmarsches immer wieder verschiedenste Blumen und Kräuterzweige gesammelt, während ich mit den Herren

---

[18] Mariä Himmelfahrt, 15. August

vorsorglich das Brennholz vom gestrigen Lagerplatz mittrug.

Die Blumen schmückten nun zu kleinen Sträußen gebunden die Felsspalte, in der unser Altar lag.

Nach einer kurzen Pause, schlug Pater Joseph sein Universalgebetsbuch auf und blätterte nach der Segensformel.

„Bénedic, Dómine," begann der Geistliche, „äh, plantas istas, ut sint remédium salutáre géneri humáno".[19]

Plantas istas? Das kam mir sehr merkwürdig vor, das müßte doch „herbas" oder zumindestens „flores"[20] heißen, da liegt doch kein Krautkopf auf dem Altar!

Vermutlich versuchte Pater Joseph aus einer anderen Segensformel die Benediktion der Kräuter am Assumptionsfest zu improvisieren und kam dabei in Verlegenheit wie ich bei den Klingelzeichen der neuen Hl. Messe. Auch die anderen merkten, daß etwas nicht ganz stimmen konnte und wurden unruhig. Maria Teresa verkniff sich ein Grinsen. Ungeachtet

---

[19] Übersetzung im Wortlaute Pater Joseph': Segne, Herr, diese ...äh...„Pflanzen, damit sie Heilmittel für das Wohl der Menschen seien."
[20] Herbas: Kräuter; Flores: Blumen. Das ist der Unterschied.

dessen fuhr der Pater fort:"… et práesta per in-
vocatiónem sancti nóminis tui; ut, hm, quicúm-
que ex ea, …ex eas…súmpserint?"[21].

Als sich Michael allzu offensichtlich am Kopf
kratzte und somit dezent die Eßbarkeit dieser
Pflanzen bezweifelte, war es mit unserer Beherrschung vorbei und wir konnten das Ki-
chern kaum unterdrücken, so komisch mutete
diese eigentlich sakrale Situation an.

„Sumpserint", nickte der Pater sich selber zu,
„córporis sanitátem, et ánimae tutélam percípi-
ant. Per Christum, Dóminum nostrum."[22]

„Amen!" antworteten wir.

Bestimmt sah der Herr diese Angelegenheit
auch von der munteren Seite, denn die
Schwammerl, die der Pater vom Holzholen zu-
rückbrachte waren eßbar, obwohl sie von allen
kritisch beäugt wurden.

Die Abendrunde beschien wieder der volle
Mond, der in der kargen Felsenlandschaft sein
silbernes Licht wie einen Teppich über uns
breitete.

---

[21] „… und gewähre durch die Anrufung deines heiligen
Namens, daß alle, die davon…hm…von ihnen… essen?…

[22] …von ihnen essen, Gesundheit des Leibes und Schutz für
die Seele erlangen. Duch Christus unseren Herrn.

Doch selbst dieser Anblick konnte mich nicht erwärmen, da ich fürchtete, mir würde eine weit schlimmere und kältere Nacht bevorstehen als die vorangegangenen es waren. Ich zerrte den Schlafsack fester um mich und wickelte das Fischgrättuch um Kopf und Hals. Eine nach der anderen tastete sich von draußen in das von einer Lampe beleuchtete Zelt. Theresia lag in ihrer Ecke und wimmerte im Halbschlaf vor sich hin; es mußte sie in der Hitze stark erwischt haben. Mein Kreuz jedoch besteht darin, die Kälte nur schlecht auszuhalten. Schon jetzt vermeinte ich, vor Tatianas Mund Dampfschwaden zu sehen, als sie die Kohte zuknüpfte. Wie du willst, Herr, dann friere ich eben noch mehr.

„Sissi, da, nimm du heute meine Thermoskanne in den Schlafsack, mir ist heute nicht so kalt," raunte Ursula neben mir in die Dunkelheit. Erst wehrte ich ab, doch das Mädchen bestand darauf.

„Vergelt's Gott." flüsterte ich.

Unsere Wege trennten sich heute bei einer kleinen Quelle nach dem ersten Sattel, weil Theresia es kaum schaffte, sich auf den Beinen zu halten. Nach einem Blick in eine aus vielen Einzelteilen zusammengeklebten Karte entschied Manuela, daß Kathrin mit Theresia ins Tal absteigen sollte, um zum geplanten Lagerplatz zu trampen; wir würden noch einen Paß hinter dem Berg Bobotov Kuk hinaufsteigen und dann durch ein anderes Tal zum See von Zabljak gelangen. Die stille halbe Stunde aber verbrachten wir noch zusammen bei der Quelle, aber Barbara wurde immer unruhiger und blätterte ein Gotteslobheft durch. Das gestrige Singen hatte sie überzeugt: Unsere Runde war ein musikalischer Volltreffer. So sangen wir gleich jetzt wieder zusammen vor den Bergriesen ein französisches Avemaria zu vier Stimmen.

Es klingt so rein wie diese Quelle, dachte ich, wie die Höhen, auf denen wir lagerten. Mir tönte das Lied in seiner Besetzung noch immer nach, als wir auf den Paß stiegen und ich erkannte in all den Blumen dieser reichen, unverstellten Alpe unsere Stimmen wieder. Die Blumen hier oben sind kleiner, blühen später und kürzer, haben aber eine viel intensivere Farbe. Doch sie sind fruchtlos, weil das Klima zu rau ist – und dennoch läßt Gott sie hier sein. Er allein weiß, wie er sie erhält, sie, die mir nichts als das Lob ihres Schöpfers zusangen, obwohl sie den Gewalten am schutzlosesten ausgesetzt sind. Die freundlichste Sonne und das schlimmste Gewitter trifft sie stärker als jene im Tal. Vielleicht haben sie ein innigeres Empfinden für den Allerhöchsten, einen reineren Sinn, wie sie da in ihrem stillen Glühen und Leuchten beieinander stehen, die fast schwarzrote Nelke mit den fransigen Blättern und …

„Da ist wieder diese Minipalme," wandte sich Pater Joseph im Gras sitzend an seine Schwester, die eben nachgekommen war und den Fotoapparat gezückt hielt.
Sie schaute auf die bezeichnete Stelle am Almboden und lachte mit geröteten Wangen und ihren lustigen Augen. „Ah, du meinst den Hauswurz! Ja, der wächst hier besonders gern."

✸✸✸

Beim Mittagessen saßen wir in einem Kar. Hinter uns braute sich ein Gewitter zusammen und vor uns reihte sich ein Halbtal an das andere. Umschauen wollte sich keiner so recht, denn das Klettern über die scharfen Kanten des Kalkgesteines war nichts für schwache Nerven. Natürlich hatte niemand den Weg bezeichnet und Pater Joseph führte uns auf gut Glück einen Steig durch die Felsen, der es in sich hatte. Ich hielt Ursula meine Hand entgegen, die sie mit den Worten ergriff: „Nur daß ihr es wißt, wenn ich hier abstürze, will ich ein gesungenes Requiem!"

Da ich lieber mit ihr als für sie sang, gab ich besonders viel Acht, in welche Kante sie ihren Fuß setzte. Nun saß sie etwas verschüchtert neben mir und Manuela. Wir redeten alle recht wenig und ließen wortkarg die Teller mit Wurst und Käse herumgehen. Auch das Salz machte die Runde, blieb aber immer wieder bei Michael hängen.

„Du kannst auch von mir ein Salz haben," sagte Manuela und deutete auf ihren Rock, wo noch einiges von dem Gewürz auf einem Haufen lag. Weil ich aber nicht so vertraulich sein wollte, mit den Fingern auf ihrem Rock eine Priese zusammenzuschaben, nahm ich eine Scheibe Wurst und tunkte das Salz direkt vom Stoff auf. Manuelas Augen wurden zu zwei blaugrünen Murmeln, als sie das bemerkte und sie verschluckte sich fast vor Lachen.

„Um Himmelswillen, Sissi, so eine Aktion bringst nur du zuwege!"

Auf dem Weg hinunter überfiel uns das inzwischen zum Durmitorgebirge gehörende nachmittägliche Gewitter, nur hatten wir kein Zelt, um uns unterzustellen, sondern wir befanden uns in unsere Regenumhänge gehüllt auf dem Weg durch die einzelnen Talkessel. Niemand von denen, die vielleicht vor den Blitzen und Donnern erschraken, zeigte das. Diesmal beteten wir alle laut den Rosenkranz und sangen die Doxologie, was auf die uns entgegenkommenden Wanderer, die sich trotz des unwirtlichen Wetters ins Gebirge aufmachten, wohl etwas seltsam wirkte.
Elisabeth blieb immer öfter zurück, weil auch ihr die Knie zu schaffen machten. Als ich sie danach fragte, antwortete sie zögernd und ausweichend, aber ich merkte schon, daß sie Schmerzen hatte. Am Lagerplatz bei einem See unweit eines Blockhauses meldete sie sich sofort zum Kochen, wie um etwas Nützliches für die Gemeinschaft tun zu können, was sie von jedem Schritt befreite. Auch Theresia, wenngleich sie in ihrem Zustand nichts beitragen konnte, blieb tapfer und beteiligte sich ein

wenig. Ursula schnitt ebenfalls Gemüse und kämpfte mit der Müdigkeit und der Erinnerung an die Gefahr, die uns allen wohl bewußt war.

Ich begab mich mit Maria Teresa zum Holzsammeln und fand unweit eines alten Baumstumpfes wirklich etwas Brauchbares. Plötzlich war mir, als hätte mich ein Insekt in den Knöchel gestochen, aber ehe ich noch nachsehen konnte, um was es sich handelte, bemerkte ich dasselbe am Arm, im Genick…

Ich raffte das Holz zusammen und nahm Reißaus.

„Da oben nicht hingehen," schnaufte ich den Gefährtinnen im Lager entgegen, „da tarnt sich ein Wespennest als Baumstumpf!"

Nicht weniger kurios mutete Reginas Entdeckung an, als sie behauptete, heute ihr Mobiltelefon aufladen zu können.

„Moment," wandte Tatiana ein, „wir sind hier mitten im Wald und die nächste Ortschaft ist drei Kilometer weit weg, wie solltest du da dein…"

Aber Regina hielt ihre Neuigkeit nicht zurück: „Ich wollte zum See gehen, da bemerkte ich zwischen den Bäumen so einen grauen Block, der sich als Stromkasten entpuppte. Neben einen Starkstromanschluß entdeckte ich auch eine ganz normale Steckdose. Naja, dachte ich mir, da kann ich ja das Telefon aufladen, wer weiß, wann wir wieder zu einer Steckdose kommen."

Wir lachten über so viel Dreistigkeit.

Auch bei der Abendrunde hatte sie einen ungewollt lustigen Beitrag auf Lager. Eigentlich informierte sie uns nur über die politische und gesellschaftliche Situation Montenegros in Vergangenheit und Gegenwart, allein sie präsentierte die Daten mit einer bedeutsamen Mine und einer derartigen Amtlichkeit im Ausdruck, wie sie Bayern zu eigen ist, die sich um die deutsche Hochsprache bemühen, wenn es gilt, etwas Gewichtiges auszudrücken. Kam zu alledem noch Detailreichtum in der Formulierung, um die Glaubwürdigkeit der Angaben zu untermauern, war ein Anflug von Komik nicht fern.

„Also: Bei einer Wahlbeteiligung von 89,39 Prozent oder 419240 von insgesamt 483280 im Jahr 2006 eingetragenen Wahlberechtigten wurden die notwendigen 55 Prozent Mehrheit mit einem Ergebnis von 55,49 Prozent, in Klammern 230661, knapp überschritten. 44, 51 Prozent oder 185002 Wahlberechtigte votierten mit Nein….“

Sie blickte in fragende Gesichter, auf denen sich ein Grinsen abzuzeichnen begann.

„Paßt des?“, erkundigte sie sich.

„Wahrscheinlich schon, wenn du es so sagst.“

Teil III: Das Tal und die Wüste

17. VIII 11

Schon während der Hl. Messe bemerkten wir einen Parkranger um unsere Zelte schleichen. Das Feuer war nicht das Problem, wie uns Manuela nach einem kurzen Gespräch erklärte, sondern die Tatsache, daß wir die Parkgebühren nicht bezahlt hatten. Wir mußten auf der Stelle zusammenräumen und das vom feuchten Holz qualmende Feuer auslöschen. Das Geld forderte der Scherge überdies ein.

„Vielleicht können ja wenigstens wir zu dritt trampen," meinte Kathrin, die mit Elisabeth und Theresia die nächsten zwei Tage eine andere Route nehmen wollte. Der Ruhetag für das kleine Grüppchen wäre sehr von Vorteil, denn die Mädchen waren alle drei sehr angeschlagen, Elisabeths Knie wurden immer schlechter und Theresa litt noch an dem Sonnenstich vom vorvergangenen Tag. Nun galt es, erneut umzuplanen, was Manuela wieder in besonnener Weise tat. Eh wir uns trennten, gab sie noch Instruktionen, wie die Drei ihr Nachtlager aufzustellen hatten: Leise und im Schutz der Dunkelheit.

Zabljac ließen wir hinter uns und fuhren mit dem Bus, in dem wir uns mit einem französischen Politgeographen über sein Buchprojekt unterhielten, Richtung des Flusses Tara. Eigentlich wollten wir bei der geschichtsträchtigen Tarabrücke zu Mittag essen, wo die erste Fahrt plötzlich endete, weil dem Bus der Treibstoff ausging, doch der Bauer verjagte uns, ehe wir auspacken konnten.

„Irgendwie haben wir heute kein Glück", meinte Barbara und raffte ihre Wäsche zusammen, die sie wieder naß in ihren Beutel knüllte. Auch mein Hemd schnallte ich an den Rucksack.

„Nein, Hemd wieder anziehen, Sissi, wir machen ein Foto auf der Brücke!"

„Entweder es ist durchgeschwitzt, oder es ist noch feucht von der Wäsche: War mein Klufthemd eigentlich je trocken?" fragte ich in die Runde.

In einem am Kotflügel notdürftig zusammengelöteten gelben Bus kurvten wir die Tara entlang. Ich hatte mein Büchlein hervorgeholt und schrieb, das heißt, ich versuchte zu schreiben, während es mich im Bus herumwarf.

Meine armen Nachlaßverwalter! Vermutlich werden sie glauben, ich gäbe mir keine Mühe, doch es ist unmöglich, in einem montenegrinischen Bus auch nur eine gerade Zeile zu schreiben. Es war nicht denkbar, den unabsehbaren Manövern des Fahrers etwas entgegenzusetzen, dennoch war der Pater neben mir eingenickt und döste friedlich, während ich mit dem Schreibzeug kämpfte.

Es ist gut festzustellen, wie Ursula von Tag zu Tag aufgeschlossener und zutraulicher wird. Wir befreunden uns immer mehr und haben in der Musik eine Weise gefunden, uns wunderbar nahe zu sein. Überdies linderte Ursula mein nächtliches Frieren nicht nur mit ihrem ruhigen Schlaf neben mir, sondern auch mit ihrer Thermoskanne; im Nachhinein betrachtet war es doch keine so üble Sache, den Wintermantel mitzutragen, denn seit der Regenacht auf den Durmitor dichten die Herrn ihre Bauplane mit allen flachen Stoffteilen ab, die sich irgend finden lassen, also auch mit meiner Regenhaut. Vielleicht werden die Nächte wärmer, wenn wir ans Meer kommen, diese Temperaturen sagen mir eher zu, allein, die Bergriesen begeistern meine Seele. Gerne wäre ich wie sie so abweisend und kühl. Kein Funke findet Nahrung, wenn man das Holz nicht hineinträgt, und das wenige Wasser ist nachtblau und ruhig.

Gerade wandte ich mich nach einem langen Blick aus dem Fenster wieder meinem Buche zu, da spürte ich plötzlich eine Berührung. Ich zuckte unwillkürlich zusammen: Durch eine Kurve war mir die Stirn des schlafenden Paters an die Schulter gesunken, was mich leise bestürzte, weil ich auf einmal bemerkte, wie schön Joseph in seinem Fahrtenträumen war. Gestern Abend erzählte er am Lagerfeuer von seinen Erlebnissen in Georgien, da hatte sein Gesicht einen ähnlichen Ausdruck angenommen. Nun aber sah ich ihn ruhig schlummernd bei Tageslicht. Ich muß bedachtsam bleiben, wenn ich mit einer solchen, dem Herzen entströmenden Anmut zu tun habe, mahnte ich mich, indem ich den Pater vorsichtig in den Sitz zurückschob, wo er weiterschlief. Die Augen des Gesanges sind nicht so vorwitzig. Sie vermögen die Geste des Hinsinkens der ewigen Jünglinge in ganzer Reinheit zu schauen, wenn der Schlaf des Knaben Samuel noch immer auf ihrem Antlitz träumt und ihre Lider schwer macht.[23]

---

[23] Vor einiger Zeit durfte ich mit einem Organisten eben jenen Gesang des Knaben Samuel passend zur Lesung an einem Sonntage singen. Es ist das Lied für die Pueri aeterni, die mir immer wieder begegnen.

***

An einer Serpentine warf uns der Buslenker hinaus und wir belagerten den Garten eines aufrechten Kommunisten, der im roten Audiwerksanzug irgendwelche Arbeiten verrichtete. Im Fenster, aus dem hin und wieder eine Babuschka auftauchte, stand eine Leninbüste neben einem Blumenstrauß. Nun begaben wir uns wieder auf dem Weg, doch ich war nicht ganz zufrieden. Unruhig tappte ich der Schar voraus uns sah immer wieder um. Regina hatte den Michel in ein Gespräch verwickelt und folgte mir im Bachbett bergan. Vielleicht bemerkte sie meine unwillige Sprachlosigkeit, als sie bei einer Rast sagte: „Und Sissi, alles klar? Hast du schon eine Schlange gesehen, von denen der Wassertechniker beim Kommunisten geredet hat?". Mir war nicht entgangen, daß sie hinter jedem Eidechsenkopf, der durchs Gebüsch schnellte, einen Schlangenleib vermutete. Und Michael bewaffnete sich augenblicklich mit einem Knüppel, als der Dackel des zugegeben unfreundlichen Bauern an der Tara uns anbellte wie sein Herr. Was für Helden, dachte ich lächelnd, aber es soll ja nicht jeder so unbekümmert dem Getier gegenüberstehen wie ich. Doch in gewisser Weise sind es auch

Bestien, vor denen ich mich fürchte, unlautere Begehrlichkeiten, die selbst hinter den reinsten Absichten stehen könnten. Mache ich mir da zu viel vor oder ist an dem Schauder etwas Wahres? Ich muß es herausfinden und mich prüfen. Je mehr Zeit mir dafür zur Verfügung steht, desto besser für die Gemeinschaft. Es ist eine Strafe, mich zu ertragen, wenn ich mich selbst nicht ertrage. „Leute,“ wandte ich mich an die anderen, „verzeiht mir, wenn ich nachher gleich durchstarte, ich muß heute allein sein. Ihr seid es ja schon gewöhnt. Macht euch daher keine Sorgen. Ich warte dann bei der Wallfahrtskapelle von Rucizka auf euch.“

„Weißt du den Weg?“ erkundigte sich Manuela besorgt bei mir und zückte die Karte, doch ihr Bruder winkte ihre Bedenken ab.

„Der Weg ist gut erkennbar. Er ist mit NC bezeichnet. Das dürfte für Studenten kein Problem sein. Oben sucht sie dann einen Lagerplatz, Wasser und eine Feuerstelle. Ach, und echte Milch zum Frühstück – nicht dieses Pulverzeug – wäre auch eine feine Sache.“

Ich nickte dem Auftrag zu und entgegnete vorsichtig: „Unmögliches wird sofort erledigt, Wunder dauern allerdings etwas länger. Ist das recht?“

Pater Joseph meinte zu seiner Schwester gewandt: „Da siehst du: Von den Pfadfinderinnen kann man ruhig das Gleiche erwarten wie von den Burschen. Nur gibt es im Mädchenlager den Aspekt, daß sie viel besser kochen können, wenngleich sie sich hin und wieder leider mit der Menge vertun."

Manch eine von uns mochte die etwas abschätzig wirkenden Aussprüche des Paters in Bezug auf die Pfadfinderinnen ins falsche Ohr bekommen, doch ich denke, er sagte derlei nicht aus Überheblichkeit oder Dünkel, sondern vielmehr aus einer beinahe väterlichen Betulichkeit, mit der er uns seine Zuneigung zeigen wollte.

Weit bin ich auf dem NC-Pfad vorangeschritten und oft war ich nicht sicher, ob ich mich noch auf dem rechten Weg befand. Zwischen Tiergerippen und Rinderschädeln bahnte ich mir den Pfad durch die Wildnis und traf auf einen Reiter, vor dem ich ein Kreuz als Symbol für die gesuchte Wallfahrtskirche in den Sand zeichnete, um ihm anzudeuten, wohin ich wollte.

„Da! Da!" rief er und schickte mich einen nun immer unzuverlässiger bezeichneten Weg hinauf. „Da" bezeichnete gewiß nicht die Richtung des Ortes Rucizca, denn es war überaus sonderbar, im tiefsten Montenegro auf einen Menschen zu treffen, der zufälligerweise Deutsch konnte. Erst als sich vor mir das Hochtal öffnete, wußte ich, daß ich richtig war. Da lag im Abendlicht ein altertümliches Dorf im Talkessel und ein Hirte schöpfte an ein einem Brünnlein Wasser. Ich eilte auf ihn zu.

Nun war ich zwar am mutmaßlichen Etappenziel, stand jedoch vor einem weit größeren Problem. „Do you speak English?" fragte ich den Bauern, der einen Schwall slawischer Worte entgegnete und mich zu seinem Gehöft führte. Nun mußte der Sohn herhalten, der kannte sich mit so neumodischen Erscheinungen wie Englisch aus. Doch auch der brachte kaum weniger zusammen, als seinen Namen zu nennen, aber zumindest „scout", „friend" und „wait" verstand der junge Montenegriner allem Anschein nach. Um das zu unterstreichen, deutete ich mit großen Gesten auf mich und den Weg, von dem her ich meine Gefährten erwartete. Was den Lagerplatz und das Betteln um Milch anging, so hoffte ich, daß der Hinweis auf das Zelt genügte, ebenso wie das Wort „mleko". Der Bauer wollte mich gerade zum Nachbarn schicken, da erspähte ich

Regina mit dem Banner und hinter ihr den Rest der Schar.

„Ah!" nickte der Bauer und rief etwas zum Nachbarn.

Hoffentlich nicht, daß gleich elf Hirten kämen, die ihm beim Melken helfen wollten.

***

Und tatsächlich hatten wir, da wir uns am Abend zur Runde trafen Milch, Joghurt ein prasselndes Feuer dank einiger Kienspäne und einen nahezu idealen Lagerplatz; die Herren konnten sogar in einer Kuratenhütte nächtigen, was vor allem Michael beruhigte: Im Dorf liefen nämlich die Hunde frei herum.

„Ach weißt du, singen wir heute ein Lied das dir gefällt. Ein schönes Lied, du hast es ja einmal vorgeschlagen." Manuela hatte wieder einige Gesänge vorbereitet und längst schon gab sie mir allabendlich ihre Gitarre, um sie stimmen zu lassen. Das Lilienbanner stak hinter drei Feldsteinen, auf denen der Pater saß; seine Mandoline ruhte von warmen Händen umschlossen auf seinen Knien. Zwischen uns loderte das Feuer und sein Prasseln mischte sich mit dem Rauschen des Windes in den Fichten und dem Klingen der Instrumente. Ich wollte Gott für alles danken, doch ich konnte es nicht ins Wort bringen. Es war nicht so sehr, daß er mich von den Flammen unberührt lassen würde, sondern seine Zusage, mir eine Glut ins Herz zu senken, die niemals verlöschen könne, weil eine Erinnerung an das reine Glück sie nährt.

„Erlaubt mir noch eine Erläuterung zu dem Lied," flüsterte ich, „Der Text stammt aus Joseph von Eichendorffs Roman *„Ahnung und Gegenwart"*. Der Dichter verlebte eine ungetrübte Jugend in einem Schloß in Schlesien, das er verlassen mußte. Doch seine Werke erzählen immer wieder vom Seelenadel wahrer Ritterschaft und von der liebevoll geschilderten Gegend seiner Kindheit. Sie entsteht immer wieder aufs Neue, wenn Menschen seine schweren träumerischen Lieder singen."

Schlag mit den flamm'gen Flügeln!
Wenn Blitz aus Blitz sich reißt,
Steht wie in Rossesbügeln
So ritterlich mein Geist.

Waldesrauschen, Wetterblinken
Macht recht die Seele los,
Da grüßt sie mit Entzücken,
Was wahrhaft, ernst und groß.

Es schiffen die Gedanken
Fern wie auf weitem Meer,
Wie auch die Wogen schwanken:
Die Segel schwellen mehr.

Herr Gott, es wacht dein Wille!
Wie Tag und Lust verwehn,
Mein Herz wird mir so stille
Und wird nicht untergehn.

18. VIII 11

„Auch wenn es unsicher ist, daß du sie heute brauchen wirst, gebe ich dir vorsichtshalber die Regenhaut.", meinte Pater Joseph beim Aufbruch.

Vielleicht muß ich in ihr einen Fluß überqueren[24], oder sonstige Unbill überstehen.

Heute trennten sich unsere Wege an der orthodoxen Wallfahrtskapelle von Rucizca, von wo aus sich uns ein atemberaubender Blick über die Hochebene bot. Das Pindusgebirge muß ähnlich aussehen, ach, in jedem Gebirge schläft die Gegend, welche Orpheus durchwanderte, als er ohne Trost und Hoffnung seine Liebe sang. Genau betrachtet war auch er auf einer Fahrt. Mit den Argonauten führte ihn sein Weg ins ferne Kolchis[25] zum goldenen Vlies. Ob er wohl vorübergekommen sein mag an dem vom Blitz geborstenen Baum, der wieder zu grünen begann, weil die Tränen des Himmels ihn

---

[24] Bezieht sich auf die Aufgabe eines priesterlichen Pfadfinderbruders, der bei Friedingen die Donau mittels einer Regenhaut und zwei Stecken zu durchqueren hatte. Aber – Ätsch! – in Friedingen ist die Donauversickerung. Er konnte trockenen Fußes das Ufer wechseln.

[25] Kolchis: sagenhafte antike Stadt im heutigen Georgien.

benetzten? Oder am Kiefernhain, dessen balsamischer Duft tausend Jahre wie eine Sekunde erscheinen läßt. Gewiß aber war es Orpheus mit seinem Gesang und nicht Medea mit ihrer Zauberei, der den Drachen vor dem kostbaren Vlies in einen tiefen Schlaf sinken läßt.

Bald beobachtete ich, wie Regina nach einem Blick in die Karte ein Wegzeichen legte. Hinabwärts also. Doch bald begannen die Unklarheiten. Regina war spurlos verschwunden, der Weg teilte sich erneut und ich fand beim besten Willen kein Zeichen. Die deutlichere Forststraße ging nach oben, hinab verlief ein zugewachsener Pfad. Es ist besser, ich gehe hinunter, damit ich ans Wasser komme; denn ins Tal, so wie das Wasser, muß ich auch. An einem Häuschen am Fluß begegnete mir ein Weiblein, dem ich den Zettel mit dem Dorf, da wir uns treffen sollten zeigte. Sie schien ihn garnicht zu beachten und schüttelte den Kopf. Vermutlich konnte sie nicht Lesen und ich verstand ihr Deuten bergan nicht, also setzte ich meinen Weg ins Bachtal fort.
Plötzlich entdeckte ich die frischen Spuren von Wanderschuhen im Sand. Das mußte eine von

uns gewesen sein, die ähnliche Überlegungen angestellt hatte!

Konzentriert wie ein Hund folgte ich eine Weile den Spuren, bis sie sich an einer Flußgabelung verliefen. Der Weg war fortgespült und das Flußbett war unpassierbar. Mir klopfte das Herz, als mir bewußt wurde, daß ich allein in der Wildnis stand. Dennoch sank mir nicht der Mut. Gott würde mich nicht verlassen, bis jetzt hat er mir immer einen Weg gewiesen, warum auch diesmal nicht. Zur Not würde ich mich durch das Flußbett voller Kiesel kämpfen.

Da hörte ich Motorengeräusch jenseits der linken Böschung, vielleicht dreißig Meter über mir. Ich beschloß, das Wagnis einzugehen, in diesem Gelände mit größerer Sicherheit auf Zivilisation zu stoßen, als weiterhin im Fluß herumzuirren. Doch wie hatte ich mich verrechnet! Nach wenigen Metern wurde die Böschung immer steiler und fiel zuletzt fast senkrecht ab. Ich arbeitete mich verbissen durch das Gestrüpp, indem ich mich an Ästen und Zweigen nach oben hangelte. Wieder hörte ich ein Auto vorbeibrausen, diesmal wenige Meter über mir, doch dann übersah ich einen Ast, bekam mit dem Rucksack das

Übergewicht und stürzte durch Disteln und Baumstümpfe nach unten.

Verdammtes Drecksgebirge! entfuhr es mir. Mit dem Gesicht nach unten blieb ich mitten im Hang auf dem schlammigen Boden liegen. Doch was kroch da heran, was zerwühlte den laubbedeckten Boden, was unterwanderte ihn wie ein Heer von Würmern? Reglos ließ ich mir gefallen, was diese Wesen mit mir taten. Sie überkrochen mich und saugten sich mit schmatzenden Rüsseln in mein Fleisch, während ihre gelben Augen mich anglarten. Laß uns doch!, schienen sie zu flehen, wir sind böse, wir sind des alten Drachen Auswurf, doch auch wir wollen leben, laß uns doch leben … Bei Gottes Liebe! Gewiß habe ich Mitleid, weil der Herr mir ein sanftes Herz geschenkt hat, aber diese Wesen? Starrten mir aus ihren trüben Pupillen nicht all jene entgegen, die mein Mitleid für ihre schlechten Absichten mißbrauchten? Niemals werde ich aufgeben, selbst im schlimmsten Dreck nicht!

„Verdammte Axt! Schere dich zum Teufel, Getier!" fluchte ich und packte nach einem Zweig. Das ekle Gewürm war verschwunden. Vielleicht mochte es nur in meinen Gedanken existiert haben. Nachdem ich mich mit

Entschiedenheit aufraffte weiß nicht mehr, wie lange ich nach oben unterwegs war und womit sich meine Gedanken abgaben. Erschöpft stemmte ich mich über die Kante und rollte auf die Straße, wo ich zunächst meine Gebeine zusammensuchte und Gott dankte, daß noch alles vollständig war, selbst die Kluft war nicht zerrissen, einzig meine Beine brannten vor Abschürfungen. Gleichviel, dachte ich und schleppte mich die Straße talwärts. Kurz spielte ich mit dem Gedanken, über eine Holzbrücke die Flußseite zu wechseln, aber heute ging ich kein Risiko mehr ein.

Dort, wo die Ebene begann, fand ich zu meinem Erstaunen Kathrin, Theresia und Elisabeth sitzen, die uns vor zwei Tagen in Zabljak verlassen hatten. Sie waren von der Talseite hinauf zum Dorf gekommen und brotzeiteten gerade unter ein paar Weidensträuchern. Der Anblick meiner Gefährtinnen hatte etwas Unwirkliches. „Endlich bist du da! Wie war es, wo bist du gewesen, wann kommen die anderen? Wie viele Rosenkränze hast du unterwegs gebetet?" bestürmten sie mich, doch ich wollte im Moment gar nichts berichten, vor allem, weil mir langsam dämmerte, daß alle anderen hinter mir ähnlich umherirrten, wenn sie dem Pfeil gefolgt sein würden. Ich dünkte mich noch robust und erfahren, doch Ursula? Bei dem Gedanken, Ursula würde allein im Flußbett stehen und die Böschung hinaufsteigen müssen, wurde mir ganz schlecht. Hoffentlich ist der Michael oder der Pater als letzter gegangen und sammelt alle ein.

„Wie viele Rosenkränze? Jedenfalls habe ich zwischendrin lästerlich geflucht."
Ich breitete die Regenhaut aus und schlief auf ihr augenblicklich ein.

✳✳✳

„In Georgien, da haben sich ein paar Raider auf dem Weg zum Kasbek total verlaufen, weil ihnen wer die falsche Richtung zeigte.", meinte der Pater, während ich mein Klufthemd auf einem Stein zum Trocknen auslegte. Auch Ursula hängte ihre Sachen in die Sonne.
„Ja," meinte sie, „zum Glück bin ich gerade an der Kreuzung gewesen, als der Pater den Wegpfeil in die entgegengesetzte Richtung legte und mir sagte, ich solle der anderen Straße folgen und nicht die Talseite wechseln. Denn was ihr mir da so erzählt habt, klingt ja fürchterlich."
Denn es stimmte schon: Die Spuren, denen ich folgte, stammten wirklich von Regina und Elli,

die gemeinsam weitergegangen waren, jedoch im Flußbett blieben und nicht wie ich eine Extratour über den Abhang wagten, dafür im Dorf aber über Zäune stiegen und zusahen, daß die Hunde und die Besitzer sie nicht erwischten. Wenigstens für uns drei war es ein Weg, der es uns leicht machte, mehrmals vollkommene Reue zu erwecken.

19. VIII 11

„Lachen oder wenigstens lächeln, wenn etwas nicht so geht wie es gehen sollte ist auch eine Tugend. Sissi, du hast den strahlenden Tag besungen und ich wußte nicht, daß du nur ein nasses Klufthemd hast," sagte Manuela in der Morgenrunde und nachher meinte Regina, die uns heute verlassen würde: „Soll ich dir nicht meinen Trinkbecher da lassen?" und der Pater setzte hinzu: „Bedenke, daß es doch etwas anderes ist, seinen Kaffee zum Müsli zu essen und nicht das Müsli im Kaffee. Oder machst du das gerne so?"

Ehrlich gesagt habe ich bisher die Tauglichkeit meines Verlegenheitskochgeschirrs, einer blauen Brotzeitdose, noch nie in Frage gestellt. Was man in einem Topf kochte, konnte man aus einem Teller essen und wenn der leer war, kam das Getränk in den Teller und sobald man getrunken hatte, war der Teller beinahe schon sauber. Das einzige Problem sah ich anfangs nur im Müsliessen, doch im Laufe der Tage hatte ich während des Frühstücks die Gewohnheit entwickelt, in meiner Brotzeitdose zuerst den Instantkaffee aufzugießen und schließlich aus Ermangelung eines weiteren Gefäßes das

Müsli zum Kaffee zu schütten. Daraus jedoch eine besondere Vorliebe ableiten zu wollen, erschien mir etwas fremd.

„Das," erwiderte ich grinsend, „ist die wahre Armut und Einfachheit."

Keine halbe Stunde später winkte ein Bauer Ursula, Elli, Regina und mich zu seinem Hof. Wir versuchten zu trampen und auf der Veranda des Hofes saßen drei Männer vor ihren Gläsern. Kinder tollten herum und hin und wieder ertönte im Haus eine Frauenstimme.

„Gehen wir hin!" ermunterte uns Regina, „vielleicht fährt uns ja einer von denen."

Bald aber stellte sich heraus, daß die Leute uns nicht mit einem ihrer natürlich unangemeldeten Autos fahren, sondern uns einfach zu einem Raki einladen wollten.

„Was ist das, Raki?" fragte Elli.

„Ein Schnaps aus Reis und Rosinen."

Nach kurzem Zögern willigten wir ein und der Bauer brüllte etwas ins Haus, worauf eine Frau mit Gläsern erschien. Da kamen auch schon der Pater und Michael die Straße herauf und lösten mit ihren Sonnenschutzkonstruktionen, nämlich der wie einen Tunnel über den Rucksag gelegten Isomatte ein lautes Hallo bei den

Einheimischen aus. Auch ein zotteliger Hund kam herangesprungen und umtanzte den Pater.

„Oha!" rief der Geistliche, „gibt's da etwa einen Schnaps. Da gibt's überall einen Schnaps, das ist hier so Sitte. Wo ist er denn?"

Michael fixierte wachsam den Hund. „Der Hund, der ist da." stellte er mit vorsichtiger Stimme fest.

Der Pater winkte ab: „Ach, ich mein' doch nicht den Hund, sondern den Schnaps!"

Wir taten den Männern am Hof Bescheid und zogen weiter. Das Trampen an der Hauptstraße war mühsam, denn entweder waren die Autos bereits übervoll oder so nobel, daß die Fahrer uns vermutlich wegen unseres Erscheinungsbildes nicht mitnahmen. Irgendwann hielt ein Taxi, das uns für fünf Euro zu zweit nach Kolasin fahren würde. Der Taxler hatte bereits meinen Rucksack unter lautem Fluchen in den Kofferraum des Mercedes gewuchtet, da schüttelte Manuela den Kopf: „Das ist zu viel, der soll uns zu viert für drei Euro mitnehmen." Das wiederum leuchtete dem Fahrer nicht ein. „Na, dann halt nicht," brummte ich und schleifte den Rucksack wieder aus dem Kofferraum. Dem Taxler wurde um das Geschäft bange; er entschied sich, lieber weniger einzunehmen als leer auszugehen.

In Kolasin ging Regina die weiteren Reiseverbindungen für ihre Heimfahrt durch. Das war einem redseligen Kauz am Busbahnhof, wo wir aufeinander warteten, nicht entgangen und er versuchte, Regina zu privaten Fahrmöglichkeiten nach Podgorica zu überreden.

„Ich muß aber nach Dubrovnik" konterte sie.

„Eh, nema problema. Freund fahren jetzt von Kolasin nach Podgorica. Dort sein Kollega dich nehmen mit nach Dubrovnik…"

Regina wandte sich uns zu. Angesichts ihrer Single-Tour nach Hause ins biedere Deutschland, war ihr ohnehin schon etwas mulmig.

„Der will mich an seinen Freund verheiraten, was wetten wir? Nana, nix gibt's. Ich fahr mit dem Bus."

Kaum waren wir nach den Tagen der Einsamkeit wieder in der Zivilisation, ereigneten sich lauter interessante Begebenheiten.

Nachdem der Pater mit seiner Schwester ein Busunternehmen für die Fahrt zum Biogradska-Park vehement heruntergehandelt hatte, plagte sich auch dieser Fahrer mit unserem Gepäck und weil er zwei Rucksäcke nicht unterbrachte, hob er sie auf das Dach des

Wagens und schnallte sie mit einem Gurten
fest. Das erinnerte mich an meinen täglichen
Kampf mit der Kohte, die zu befestigen mir
nach wie vor ein Buch mit sieben Siegeln ist. In
Kathrin aber weckte die unbekümmerte Aktion
des Buslenkers blankes Entsetzen und sie
wollte ihn davon abbringen, allein, es half
nichts, wir mußten einsteigen und hoffen, daß
der Gurt stabil war. Ein Busunternehmen ist
hier übrigens jeder, der sein Auto – egal, ob mit
Kennzeichen versehen oder nicht – als Fahrzeug anbietet und damit sein Geld verdient.
Im Taxi berichteten die anderen von ihren
Tramperlebnissen.
„Es war unglaublich", strahlte Elli uns an, „die
Ursula und ich hatten gerademal die Hälfte der
Quicknovena gebetet, da hielt schon ein Audi
an, der uns mitnahm."
Maria Teresa, Kathrin und Theresia wurden
von einer montenegrinischen Folk-Song-
Gruppe aufgeklaubt und im Kleinbus mit Live-
musik beschallt.
Als wir auf der Paßhöhe vom Mittagessen Rich-
tung Nationalpark wandern wollten, entzün-
dete sich die Debatte einiger Einheimischen an
unseren Barettlilien. Ein Wirt wollte uns unbedingt etwas Wichtiges mitteilen und war recht

verzweifelt, daß wir nichts von alledem verstanden. Kurzentschlossen wählte er die Nummer eines englischsprachigen Freundes, dem er alles erzählte. Dann hielt er unserem Pater das Telefon ans Ohr, während der Freund am anderen Ende der Leitung übersetzte.

Nachdem er aufgelegt hatte, meinte der Pater: „Also, er glaubte uns unbedingt auf ein Denkmal hier in der Gegend hinweisen zu müssen, das an einen Flugzeugabsturz erinnert. Er denkt, wir sind von der Luftwaffe."

Dann endlich setzte Manuela während des Aufstiegs die stille Stunde an. Da Lesen und Gehen gleichzeitig selbst mir als Germanisten nicht gegeben ist, betete ich wieder den Rosenkranz, als ich vorneweg trottete. Zweimal, denn dann wußte ich, daß eine Stunde herum war und ich auf die anderen, die nicht mehr in Sicht waren, warten sollte. Just nach dem letzten Ave gelangte ich auf eine Lichtung. Schon lange zuvor war mir der Geruch von Gegrilltem in die Nase gestiegen und wirklich: Im Schatten der Bäume hatte sich eine Gruppe Menschen aller Altersstufen niedergelassen und brutzelte auf einem kleinen gußeisernen Kohleherd unterschiedliche Fleischspeisen.

„He!" rief einer. Neugierig und schwitzend trat ich näher. Der Mann kam mit einer Colaflasche, in der eine durchsichtige Flüssigkeit schwamm, näher und bot sie mir an.

Ach, endlich Wasser! Ich war nämlich die ganze Zeit über zu bequem gewesen, meine Feldflasche aus dem Rucksack hervorzuholen; denn dafür hätte ich ja die Kohte abschnallen müssen und auf diesen Umstand hatte ich mitten am Aufstieg wirklich keine Lust. Mit einer ermatteten Geste riß ich mir das Barett vom Kopf und wischte über die Stirn. Dankbar nahm ich die Flasche an und tat ein paar gierige Züge. Der Mann lachte lauthals.

Doch was war dies? Es kostete mich die größte Beherrschung, das zu schlucken, was ich da trank. Es war bestimmt kein Wasser, sondern eher ein Wässerchen.

„Vodka?" fragte ich heiser nach Atem ringend. Mir brannte der Hals, weil ich vermeinte, Feuer getrunken zu haben.

„No, no: Raki!"

Wenige Zeit später, war der Pater herangekommen und ließ den Rucksack zur Erde fallen.

„Dober dan![26]" rief er freundlich. Auch ihm reichte der Mann die Flasche. Wohl bekomms,

---

[26] Übersetzung: Guten Tag!

dachte ich beinahe schadenfroh, der Geist hilft unsrer Schwachheit auf.

Zwei Dörfer weiter fanden wir einen Lagerplatz unter krummgewachsenen Buchen auf einer Alm. Noch während des Zeltaufbaus trieben immer wieder Hirten ihr Vieh über die Weide. Ich streckte meinen Kopf aus der Kohte und bemerkte, daß der Pater den Michael mit einem dieser Leute mitschickte.

„Du, Tatiana, der Michael geht mit einem Fremden ins Dorf Kattun Lisa. Fragt sich nur wann er wiederkommt und…wie er wiederkommt. Und außerdem steht da an jedem Zaun ein Hund!"

Tatiana justierte die Kohtenstange und meinte nur: „Vielleicht hat der Pater ihn ja gerade deshalb mitgeschickt".

Erst als wir schon bei der Abendrunde waren, tauchte unser Ausflügler mit dem Fremden wieder auf. Uns wunderte, daß Michael ständig tiefstes Bayrisch mit dem Dorfbewohner redete: „So, jetza baß amoi auf: jetzt setzt di do her zu unsam Pater und schaugst, wos mia da so machen…"

„Aber jetzt müssen wir unbedingt dieses montenegrinische Lied singen, es paßt heute gerade gut." Manuela stimmte begeistert zu und der

Pater griff beim Refrain voll in die Saiten. Seine Augen funkelten, als wir sangen:

1. *Hier wächst kein Ahorn, hier wächst kein Pflaumenbaum. Hier wachsen keine Mädchenherzen, keine Mädchenherzen.*

2. *Hier wächst der Thymian, hier wächst der Ginsterstrauch.*
Und Dornen wachsen aus den Steinen, Dornen aus den Steinen.

3. *Hier wächst der Handschar, hier wächst der Flintenlauf,*
und blühn wie Lilien blühn im Mondlicht, Lilien blühn im Mondlicht.

4. *Und morgen Abend, und wenn der Nachtwind weht,*
kommt unser General geritten, General geritten.

5. *Und bringt uns Raki, hej ho bogami hej,*
und bringt uns tausend Golddukaten, tausend Golddukaten.

Teil IV: Zum Meer

20. VIII 11

Entgegen unseren Hoffnungen kam der Hirte von gestern Abend heute in der Früh nicht mit frischer Milch vorbei und wir machten uns nach einem Fototermin mit einem montenegrinischen Rosseführer schweigend weiter an den langgezogenen Hügelketten auf den Weg. Kaum war ich vorne, kam der Rosenkranz aus der Tasche. Im morgendlichen Licht erschienen die Hochebenen mit ihrem ausgebleichten, taubedeckten Gras in geradezu samtener Milde. Bald wird es Herbst, dachte ich sinnend, nun kommt die Zeit heran, da ich vor beinahe sechszehn Jahren mir selbst verloren ging, da mich ein Musiklehrer mehr lehrte als sich in Büchern oder in Notenheften findet. Ohne mir dessen bewußt zu sein, begriff ich damals den Gesang und zugleich mit dem Gesang wurde mein Auge empfänglich für die Natur in ihrem Wandel. Alles begann zu tönen und zu singen, ein jedes in seiner Farbe und Gestalt. Doch zu wessen Ehre dieser Lobgesang erscholl, blieb mir verborgen und so wandte ich jenem meine

ganze Liebe zu, der mich diese Wunder in meiner Seele entdecken ließ.

Ich weiß nicht, wie ich auf den Gedanken kam,
aber schlagartig wurde mir bewußt, daß ich
zwei „Väter" habe: Orpheus und Herakles.

Beide waren Argonauten, beide stiegen in die
Unterwelt ab und kämpften mit Drachen und
dem dreiköpfigen Hund Kerberos, doch auf
unterschiedliche Weise. Das Kind des Herakles
ist die Tochter des Orpheus. Komplizierter geht
es kaum, aber so ist es, so könnte es auch bei
mir sein. Mein Vater vermochte die Musiklehrer, die Nebenbuhler in seiner Liebe kaum ertragen, weil er ganz genau sah, wie sich biolo-
gische und geistige Vaterschaft von seiner
Person unterschieden. Er konnte wohl die Er-
ziehung zu Mut und Stärke leisten, nicht aber
die zur Kunst, das mußte er jemand anderem
überlassen und es zeugt von seiner großen
Menschlichkeit, daß er es mir zugestand und
mich auf diesem Gebiet aus der Hand gab. Zögernd freilich überließ er mich einer ihm unbekannten, ja, insgeheim vielleicht sogar gefürch-
teten Macht. Im Lauf der Jahre sah er ein, von
welcher Größe das war, das sich mir durch die
Musik erschloß, spätestens, als er von Schmerzen zerfressen aus dieser Welt ging. Damals

übte ich zum ersten Mal das Amt des Orpheus bewußt aus, und ich weiß nicht, wie viele Menschen die Tochter kalt und gefühllos schalten, weil sie es übers Herz brachte, bei der Beerdigung des Vaters zu singen, ohne eine Träne zu vergießen. Diese haben es nicht begriffen, daß ich auf jene Weise meinem Vater das zurückgab, was er mir ermöglicht hatte, indem er sich es im Verlust seiner Tochter abrang.

Die Musik ist der einzige Weg für den Menschen, einen anderen dorthin zu geleiten, wo alles Irdische endet, weil sie selbst aus dem für uns Unerklärlichen geboren ist. Sie ist ein Bote dessen, der für sein Dasein keines Raumes und keiner Zeit bedarf, so erscheint es wenigstens unseren geringen Sinnen. Aber wer einmal diesem Boten sein Herz hingereicht hat und den Grund seines Lebens seinen Händen anvertraute, der mag vielleicht erahnen, welche Fülle von Raum und Zeit auf der anderen Seite unserer Wirklichkeit bestehen muß.

Nicht das eigene Kunstwollen, sondern das Hingegebensein des Sängers an die Musik verursacht in den Zuhörern die Erkenntnis darüber, wie unendlich groß und zärtlich das ist, was eine Seele zu schauen vermag, wenn sie ihr Schauen aufgibt.

Und Herakles? Schweigend ertrug er bei der Argonautenfahrt, daß ihm einer, dessen Hand das Schwert nicht kannte, an Kraft überlegen war.

✳✳✳

Immer wieder begegneten uns Wanderer und Wochenendausflügler, die sich in der einen oder anderen der Berghütten niedergelassen hatten und es sich gut gehen ließen. Manch einer redete uns auf Englisch an und wir konnten endlich fragen: „What are you celebrating? Is today a special day?“

Uns schien es nämlich langsam etwas eigenartig, daß, egal wo wir hinkamen, die Menschen in ausgelassener Stimmung waren, und so war es praktisch, sich der neuen Lingua Franca ohne größere Probleme bedienen zu können.

„Ah, no special day“, erwiederte der Mann, der Anführer eines Haufens von zechenden Junggesellen, „just everyday!“

Auch scheint es in der kaum bewaldeten Hochebene eine Art Familiensport zu sein, Schwarzbeeren zu sammeln; So weit das Auge reichte, erstreckten sich die Zwergstäucher über die kaum bewaldete Hügelfläche, wo wir in bestimmten Abständen immer wieder Personen in gebeugter Körperhaltung ausmachten.

Schon in Zabljak hatten wir gesehen, wie die Montenegriner an beinahe jeder Ecke des Dorfes das Beerenobst aus den Wäldern feilboten, doch hier gedieh es in unvorstellbaren Mengen. Selbst Heerscharen von Pflückern wäre es nicht möglich, jede Beere zu ernten, so reich war dieser Landstrich gesegnet. Auch der Lagerplatz, zu dem wir abstiegen, lag mitten in diesem Überfluß. Von der Kammlinie aus erblickten wir drunten zwei Seen wie Augen, mit denen das Tal in den Himmel träumte.
Nichtsdestotrotz gestaltete sich der Weg hinunter sehr beschwerlich und mühsam, besonders für Leute mit Beschwerden jeglicher Art.
„Was ist denn mit den beiden da oben zwischen den Sträuchern?", fragte ich Kathrin und deutete auf Maria Theresia und Elisabeth. Vermutlich wollte Manuelas Mitschwester der Elisabeth den Rucksack abnehmen, damit diese mit ihren maroden Knien leichter nach unten käme. Doch ob das so viel nutzt?
„Ich denke nicht, daß das eine gute Idee ist," gestand mir Kathrin, die sich vor einigen Tagen eine entzündliche Wunde am Knie zugezogen hatte, „Jeder hat einmal die Zähne zusammenzubeißen, und jeder muß das lernen."

Ich nickte. Wie bekannt mir das alles war! Es paßte genau zu meinen Überlegungen vom Vortag, denn schon in der Kindheit mußte ich beim Vater lernen, körperliche Schmerzen klaglos hinzunehmen, durchzuhalten, bis das Übel selbst verging oder behoben werden konnte. Für Wehleidigkeit und Kleinmut hatte dieser herkulische Mann kein Verständnis und ich danke ihm das bis über den Tod hinaus, auch wenn mich das als Kind manchesmal ungerecht schien, wie so vieles, was mir nun ein besseres Auskommen verleiht.

Selbstverständlich waren auch meine Füße vom Abstieg nicht besser geworden und drunten am See ging ich vor den anderen möglichst gemessenen Schrittes und beinahe majestätisch langsam zum Wasser, damit nur niemand meinen unrunden Gang bemerkte; denn ich fürchtete zu humpeln. Jetzt waren schon so viele unserer Schar marod, da brauchte nicht auch ich noch Aufmerksamkeit und ungebührende Anteilnahme.

„Der andere See ist viel besser zum Lagern," teilte uns Pater Joseph mit, der schon auf Erkundungstour war. „und außerdem gibt es da so eine Halbinsel, die sich hervorragend für die Abendrunde und fürs Feuer eignet."

Es kostete ihn nicht viel Überzeugungsarbeit und wir siedelten hundert Meter weiter. Ich traute meinen Augen kaum: Die groben Steine waren zum See hin von Schilf umwachsen, in der Mitte der Halbinsel hatte sich im Laufe der Jahre so viel Erdreich angesammelt, daß zwischen dem langblättrigen Gras sogar Bäume wuchsen, doch ragten sie nicht wie gewöhnlich in den Himmel, sondern krochen mit ihren schlangenförmigen Baumleibern in Erdnähe herum.

„Ein richtiger Hain," raunte Ursula ergriffen, „wie aus den alten Sagen!"

Die Freundin nahm meine Gedanken vorweg; Dieser Ort war von einem unbestimmten Zauber umgeben.

Wie lange schon erwog ich das Geheimnis des Ortes in meiner Seele! Einige Zeit meines Lebens schien mir dieser Gesichtspunkt der Musik selbstverständlich, da ich in geradezu naturhafter Weise in ihr lebte. Ich glaube, es war mir damals nicht bewußt, im Gesang einen anderen Raum als die Wirklichkeit zu betreten. Beides empfand ich als zusammengehörig ohne jemals die Trennung gespürt zu haben. Auch das Verhältnis von Vergangenem und Gegenwärtigem, ja selbst von Zukünftigem war ein anderes; Längst hinabgesunkene Zeitalter bestanden für mich weiterhin. So klar wie meine Umwelt sah ich die Helden und Gestalten der Griechen, sie waren lebendig und ihr Bild überlagerte sich mit dem Bild der Menschen, die mich umgaben. Und alles war vom Gesang durchdrungen, von diesem Band, das in gleicher Weise fesselt und frei macht. Aber ich versuchte, dem Flüchtigen Dauer zu verleihen, indem ich es in Worte faßte, allein, darin bestand nicht mein Vergehen, wenn man es so nennen will. Nein, ich veräußerte dieses Zeugnis der größten Intimität an Personen, die es nicht betraf.

Hätte ich nur geschwiegen! Hätte ich das Unsagbare doch ungesagt gelassen! Allein, mich trieb die Eitelkeit und der Stolz, die Prahlerei vor meinen Mitschülern und Lehrern, über Worte gebieten zu können und ihre genau kalkulierte Wirkung zielsicher einsetzen zu wollen. Im Grunde genommen habe ich durch meine Geschwätzigkeit die Liebe verkauft und ich bemerkte in meiner Verblendung nicht einmal, wie lächerlich ich war, wo ich doch erhaben und abgeklärt wirken wollte. Alles habe ich aus Hybris verloren, weil ich glaubte, Herr meines Könnens zu sein. Die Musik wandte mir ihren Rücken zu und eine Zeit der Verbitterung kam über mich.

Unwillkürlich seufzte ich tief, da ich all dieses Vergangene bedachte. Jetzt schien es Teil eines fremden Lebens zu sein, und falls es doch zu dem meinigen gehörte, kam es mir wie ein ferner Alptraum vor, der in den hintersten Abgründen meiner Seele friedlich schlummerte, während der Rauch des Feuers zwischen den Buchen durch das Geäst in den Himmel wölkte, der vom Abendlicht süß und bitter bekleidet wurde. Die Kühle der Luft vertrieb die Glut des Tages und in den immer weiter ins Tal ragenden Schatten der Berge wandelten andere, kleinere Schatten tiefgebeugt dahin.

Es war ein Ort wie eine Sage, Narcissos' und Salmakis' Teich neu belebt und veredelt vom Opfer des ewigen Hohepriesters, der das von Erlösung träumende Heidentum sanft an seiner Schulter birgt.

Ruhe erfüllte den Ort und wenngleich uns ein paar Leute von einem nahegelegenen Zelt besuchten, konnten wir mit Eichendorffs zarten Worten manches bedenken, was uns bewegte.

Das Leben draußen ist verrauschet,
Die Lichter löschen aus,

Schauernd mein Herz am Fenster lauschet
Still in die Nacht hinaus.

Da nun der laute Tag zerronnen
Mit seiner Not und bunten Lust,
Was hast du in dem Spiel gewonnen,
Was blieb der müden Brust? -

Der Mond ist trostreich aufgegangen,
Da unterging die Welt,
Der Sterne heil'ge Bilder prangen
So einsam hoch gestellt!

O Herr! auf dunkelschwankem Meere
Fahr ich im schwachen Boot,
Treu folgend deinem goldnen Heere
Zum ew'gen Morgenrot.

21. VIII 11

Die Schlüssel der Musikschule im Schwarz-
wald hingen heute aus der Rucksacktasche und
veranstalteten bei jedem Schritt ein fröhliches
Gebimmel, als wollten sie mich daran erinnern,
daß ich wenigstens eine kurze Zeit an diesem
Ort zuhause sein dürfte.

Eineinhalb Monate ist es her, daß ich wie ein
Flüchtling die Schwelle dieses Hauses überschritt, wo inmitten einer kalten, lauten Welt
die Musik ihre Zuflucht gefunden zu haben
schien. Noch am ersten Abend hörte ich die
Kinder spielen und ich freute mich an ihrem
Geschick und ihrem unverstellten Wesen,
schon allein das hätte genügt, mich jenem Ort
verbunden zu wissen.

Doch einer der Schüler hat mir mit seinem Spielen alles geschenkt, was mir die Überheblichkeit und die naive Weltgläubigkeit genommen
hatten. Indem ich ihm zuhörte, wurde ich in einen Zustand vor dem Verlust meiner Unbefan-
genheit versetzt. Er, der so alt ist wie meine
Liebe, vermochte mit seinem ersten Ton, mich
alles vergessen zu lassen, was zwischen mir
und dem Ewigen stand. Menschliches Lieben
ist nur eine unzureichende, allzu schnell

besitzergreifende Geste für die Sehnsucht, die in manch einer Seele brennt. Das ist es, dieses unbeschreibliche Gefühl von Weite und Ergriffenheit, da der erste Funken ein träumendes Menschenherz entflammt, nicht festhalten zu wollen, wie man etwa die Person festhält.

Dann erst wird die Liebe hell und groß, sobald man dem vermeintlichen Besitz absagt und sich in den Strom der Zeit wirft, den diese Ewigkeiten für uns auftun.

Sich so der Musik hinzugeben bedeutet, auf einer Leiter zu steigen, deren Sprossen sich auflösen, nachdem man sie betreten hat. Man muß vertrauen und darf keinen Moment daran zweifeln, daß sie da ist, dann wird man von ihr getragen, wohin der Musiker sich führen läßt.

An jenem Julitag begann ich wieder zu ahnen, was es bedeutete, dem Gesang zu vertrauen und sein ganzes Wesen vor der Seele des Musikers auszubreiten. Doch ich weiß nicht, ob das kommende Jahr dazu hinreicht, die selbstverschuldete Ödnis und Einsamkeit wieder mit Gesang und Liebe zu erfüllen. Vielleicht aber gelingt ein erster Schritt.

So klingelte der Schlüssel die Zeit der Kammwanderung über fort und fort und erinnerte

mich an das, was mich schon bald erwarten
würde.

22. VIII 11

Die Nacht muß unruhig gewesen sein, wie meine Fahrtenschwestern erzählten, ich für meinen Teil schlief wie ein Stein und bekam von den Hunden und den Scheinwerferlichtern überhaupt nichts mit.

Heute beendeten wir unsere Kammwanderung und stiegen zum See Biogradska jezero ab, wo Ursula ein wenig verwirrt über die Fülle der Wegweiser war. doch auch ein Blick in die Karte machte uns nicht schlauer. Dank Quicknovena funktionierte auch das Trampen dergestalt, daß wir uns alle wieder in einem Linienbus trafen und so zum orthodoxen Kloster von Moraca kamen. In einer anbei gelegenen Gaststätte bediente eine Dame mittleren Alters, die zu unserem Erstaunen sehr gut Deutsch redete. Dragizca, so hieß sie, erzählte uns, daß sie lange Zeit im Ruhrgebiet gearbeitet hätte und dabei viel erlebte. Mit freundlichen Worten wies sie uns einen Platz hinter der Wirtschaft, wo wir uns niederlassen konnten. Ein kleiner Wasserlauf plätscherte in einem gemauerten Kanal vorbei – besser konnte es nicht gehen.

Doch wie sollten wir uns waschen, wo wir uns so unter den Augen der Gäste befanden?

„Nema problema!" grinste Kathrin, „stellen wir doch einfach die Kohte über dem Bach auf. Das gibt ein hervorragendes Badezelt ab… oder, was meint ihr?"
Der Vorschlag war geradezu genial und wir setzten ihn sofort ins Werk und dokumentierten unsere Aktion umgehend mit der Kamera.
„Ein Badezelt! Das glaubt uns kein Mensch, wenn wir das erzählen!" freute ich mich.

✳✳✳

„Der Bruder Diakon will sich zu uns setzen!" flüsterte Maria Theresa aufgeregt und suchte nach Manuelas Gitarre, die sie an mich weiterreichte. Ich stimmte sie und zupfte ein paar alte Weisen. Der Pater packte seine Mandoline aus und wandte sich ohne mich anzusehen mir zu. Ganz selbstverständlich gab ich ihm den Ton und er nahm ihn wie zufällig auf, so als hätte der Abendwind ihm den Klang zugetragen.
Aus dem kerzenbeleuchteten Flackerdunkel löste sich die hagere Gestalt des Bruders. Ein langer grauer Bart umgab sein schmales Gesicht und ließ kaum seinen bedächtig sprechenden Mund frei. Er redet wolkenverhangen, dachte ich, mit einer Stimme wie ein Nebelmorgen im Herbst. Im Kerzenlicht hob sich die schmale lange Nase vom graumelierten Bart

scharfkantig ab. Als der Bruder uns für die Gastfreundschaft dankte, hob er seinen schweren Blick und seine Augen glühten uns tief und dunkel an. Wie viele Jahrtausende mögen wohl an diesem Gesicht vorübergezogen sein? Plötzlich gehörte es nicht mehr dem Bruder Diakon, sondern einer der alterslosen Ikonen in der Kirche drüben. In gutem Englisch erzählte er uns von seinem Leben und noch mehr von Jesus, der mit der Zeit sein Dasein ganz durchdrungen hat. Erst nachdem wir das ein oder andere Lied gesungen hatten, erbat er sich die Gitarre, um selbst zu spielen. Dunkel klangen uns die alten Weisen und bargen doch soviel Leidenschaftlichkeit, soviel von einem Sehnen, das, mühsam gebändigt, endlich Frieden fand. Den Kopf in beide Hände gestützt lauschte ich und Pater Joseph ließ die Mandoline ruhen.

Vergangen ist der lichte Tag,
Von ferne kommt der Glocken Schlag;
So reist die Zeit die ganze Nacht,
Nimmt manchen mit, der's nicht gedacht.

Da's nun so stille auf der Welt,
Ziehn Wolken einsam übers Feld,
Und Feld und Baum besprechen sich, -

O Menschenkind! was schauert dich?

Wie weit die falsche Welt auch sei,
Bleibt mir doch Einer nur getreu,
Der mit mir weint, der mit mir wacht,
Wenn ich nur recht an ihn gedacht.

Frisch auf denn, liebe Nachtigall,
Du Wasserfall mit hellem Schall!
Gott loben wollen wir vereint,
Bis daß der lichte Morgen scheint.

23. VIII 11

Die Nacht verblaßte im Osten und die wie Tau
ausgesähten Sterne sandten ein letztes Funkeln
in den bleichen Morgen. Zaghaft erhob sich das
Frühlicht über der baumbestandenen Schlucht,
an deren Abhang das Kloster kauerte und mit
seinen dunklen Fensteraugen die Nebel zu
durchdringen suchte. Drunten ergoß sich der
Sturzbach in sein steiniges Bett und rauschte
uns Geschichten von Zeit und Ewigkeit zu.

Kaum hatten wir uns einigermaßen organisiert,
feierte der Pater die Heilige Messe und wieder
schlich sich in meine Seele der Wunsch, dieses
Leben niemals zu lassen.

Es war alles wie ein Wunder, so als bräche die
ideale Welt der Romantik in unsere zerrissene
Gegenwart ein und lehrte uns armen Menschen, was Harmonie denn sei. War das nicht
Heimat? War sie dort zu suchen, sie, die ich für
immer zu verlassen glaubte, da ich hochmütig
und schließlich zerknirscht allein durch die
Welt streunte, war dort die Heimat meiner Kin-
derseele? Ich suchte einen Herrn und fand ihn
nicht, bis ich unvermittelt dem Herrn aller Herren begenete. Er selbst verlangte von mir, daß
ich vor ihm sänge und er züchtigte mich, sooft

ich ihm den Gesang vorenthalten wollte. Ich sagte es meinen Sängermädchen immer wieder: Wie brauchen in der Welt nichts mehr zu fürchten, weil wir uns jeden Sonntag vor dem Allerhöchsten zu singen getrauen. Vor dem Herrn der Erde und des Himmels zu singen! Ach, wir geben ihm nur wieder, was er uns geschenkt hat, das Talent, das er uns anvertraute. Wir wollen es vermehren und durch die Zeit der Armut tragen.

✳✳✳

Der Bus hätte schon längst da sein müssen und beinahe sank uns, die wir mit unserem Sack und Pack am Busunterstand ausharrten der Mut.

„Naja," meinte Ursula halblaut, „vielleicht wäre es gut, wenn wir eine Quicknovena beten.."

„In der Tat, das wäre gut!" bestärkte ich Ursula' Ansinnen und begann: „Oremus: …"

„Du meine Güte, da seht: der Bus hält direkt vor uns! Nichts wie hinein!"

Und in der Tat hielt genau vor uns ein Bus, und weil der Busfahrer gerade nichts Besseres zu tun hatte, ein Draufgänger sonders gleichen war und sich vermutlich über ein kleines Extra – Salär freute, fuhr er uns direkt in den Lovcen

– Park, auch wenn er dafür so manch ein Kunststück mit seinem Bus in den engen Serpentinen absolvieren mußte.

„Haha" lachte er heiser, als wir den Bus verließen und er sich den Schweiß von der Stirn wischte, „you were lucky, to have such a crazy driver like me!"

***

Im Schatten des von zwei klobigen Säulen getragenen Tores warf ich zum Schrecken der Aufseher meinen Rucksack zu Boden, daß die eisernen Stäbe des angrenzenden Tores nur so ratterten. Ich setzte mich kurz daneben und blickte auf den Fuß des eben bezwungenen Mausoleumsberges zurück und mir wurde beinahe selber unheimlich davor, wie schnell ich in der größten Glut des Mittags gegangen bin. Denn sofort ließ ich unten die anderen – auch den Pater – zurück. Aber es war gut, denn beim Bergaufgehen spürte ich keine Schmerzen in den Knien, ich warf mich mit jedem Schritt in die Landschaft und je emsiger ich stieg, desto klarer wurde es in meiner Seele. Ich empfand das Feuer des Tages überall und fragte mich, ob Orpheus wohl auch dagegen zu kämpfen hatte. Es war das Feuer seines Herzens, das er zunächst nicht meisterte und sich von ihm verzehren ließ. Erst nach und nach wurde er in ihm gebildet und geschmiedet, ja, ich könnte sagen geläutert. Ist das die reine Liebe, die geläutert, im Feuer geprüft wird, bis sie dauerhaft, edel und wahr ist?

✳✳✳

Hinter dem Monument führte ein Kammweg zu einer Plattform, von der uns wieder mindestens drei Waldbrände in die Augen stachen.

„In genau die Richtung müssen wir," sagte Manuela relativ bedenkenlos. Waldbrände, meinte sie weiter, seien hier an der Tagesordnung, wenn es gefährlich würde, schritten die Leute schon ein, aber auch nicht eher.

„Oje, die Sissi geht auch mit ganz schweren Knochen," besorgte sich Manuela, da wir wieder die Treppen des Mausoleums hinabsteigen mußten. Ich wandte mich um und meinte sehr diplomatisch: „Nun, also Kreuzweh habe ich keins. Achso, und Kopfweh auch nicht."

Und mein Herz war so leicht wie eine Feder und mir war so froh zumute wie noch lange nicht! Denn wir näherten uns dem Meer auf abenteuerlichen und verschlungenen Pfaden.

So wollten wir bei einem Dorf am Fuße des Lovcenberges unser Lager aufschlagen, doch niemand wußte so genau, wo wir uns eigentlich befanden, bis wir auf einen Schlauch stießen, in dem es rauschte. Als ich langsam herankam, war Pater Joseph von seinem Erkundungsgang schon wieder zurückgekehrt und berichtete, daß wir eigentlich nur der Leitung durch das Dickicht zu folgen brauchten. Der Schlauch mündete in eine Zisterne, bei der es auch genug Lagermöglichkeiten und eine Kochstelle gab. Auf dem Hinabweg sammelten wir Salbei und fanden uns bald bei der besagten Zisterne ein, wo ein Kiesweg ins Dorf begann. Alles geriet aufs Beste, denn bald bemerkte Michael, daß auf dem Dach des Wasserbehälters der Schlauch aus einem Loch zu holen war und ständige Versorgung gewährleistete.

Die Mädchen richteten schon ihre Bade- und Waschutensilien her, doch man konnte den Schlauch nicht andauernd als Dusche benutzen, weil sonst die Dorfbewohner bemerken würden, wie ihnen jemand das Wasser abzweigte. So stieg ich kurzerhand auf das Dach und übernahm zur Freude aller das Amt des Bademeisters, indem ich eine nach der anderen mit dem eiskalten Naß aus dem Gebirge abspritzte.

„Das ist ein richtiger Lehrerjob!" rief Ursula, weil Elli furchtbar kreischte und wie ein

Rumpelstilzchen unter dem Wasserstrahl her-
umhüpfte.

„Wieso denn das?“ fragte ich irritiert.

„Naja, die anderen Leute ärgern!“

Mir war von meiner Aussichtsplattform auf
dem Dach der Zisterne nicht entgangen, wie
sich vom Dorfe her ein Mann näherte, der sich
interessiert den Hals ausreckte, woher wohl
das übermütige Mädchenlachen seinen Ur-
sprung habe. Unbeirrt kam er heran.

„Meine Lieben, ich fürchte, ich muß euch wirklich ärgern, denn wie es scheint, bekommen wir
Besuch. Also: Ende des Badetages.“

Am Abend hatten wir bei unseren Salbeinudeln
und Salbeitee eine etwas beklemmende Unter-
haltung: Auf der gegenüberliegenden Berg-
kette brannte das Unterholz in einem feurigen
Ring. Doch es herrschte keine Unruhe im nahegelegenen Dorf, wir wurden auch nicht Zeuge
irgendwelcher Löschversuche seitens einer
Feuerwehr. Einzig ein Bewohner mahnte uns,
das Lagerfeuer auszutreten, was wir auch
pflichtgemäß taten.

Manuela las noch vor und besprach mit uns
den morgigen Tag:

„Wir werden in der Früh nach der Kathechese
hinunter trampen und dann die Stadt und die

Bucht von Kotor erkunden. Wir müssen trampen, denn da fährt kein Bus, aber das dürfte
kein Problem sein.“
„Nema problema,“ bekräftigte der Pater seine
Schwester.

Teil V: Die Insel des Orpheus

24. VIII. 11

„Das Meer ist bald da, dieser Morgen weht es über diese Berge heran. Mein Gott, wie schön, wie unendlich schön, dem Ziel so nahe zu sein. Ich fühle mit ganzer Seele, wie diese Summe aller Wasser mich einlädt, auch die Summe meines bisherigen Lebens zu erkennen!"
Wieder einmal dachte ich laut, doch ich war froh, in gewisser Weise bezugslos zu denken, so daß niemand aus meinen Worten irgendwelche Schlüsse ziehen konnte. Was mich überwältigte, betraf nur mich, andere mochten ihre Gründe für das namenlose Staunen haben. Da ich zu meinem Glück gelernt habe, aus dem Elefenbeinturm meines Denkens herauszukriechen, wandte ich mich zu Elisabeth und Tatiana, die bei mir standen, um.
„Was meint ihr, ist das nicht so?"
Als wir nach der Kathechese zusammenpackten und uns aufmachten, die Gegend am Fuße des Lovcen zu verlassen, bemerkte ich, wie die Feuer in den Bergketten noch rauchten, aber ungefährlich verschwelten. Hinter diesem Hügel mußte es liegen, das schon immer alle Träume und Leiden aufnahm und zu Gott trug.

Wenn das Meer und der Gesang sich vereinen, so dachte ich, verschwinden die Jahrtausende. Tatiana nickte und reckte sich empor, als wolle sie über diese letzten Felsen hinwegschauen.

„Dort wird es sein," sagte Elisabeth und fügte hinzu, „wie aber werden wir es erreichen? Soviel ich gehört habe, geht nach Kotor kein Bus und wir sitzen hier noch mehr oder weniger mitten im Gebirge. Heißt das etwa, daß wir wieder einmal trampen müssen?"

Manuela sprach gestern Abend davon, doch uns, die wir in dieser Angelegenheit allmählich mit allen Wassern gewaschen waren, kümmerte das wenig.

Und so war es auch. Zu zweien gingen wir auf der Landstraße durch das Dorf und streckten bei jedem Motorengeräusch den Daumen in Fahrtrichtung. Unsere Hoffnung trog nicht: Beinahe jeder Autofahrer hielt an und ließ den einen oder anderen von uns mitfahren.

Bald waren auch Kathrin und ich an der Reihe, doch was für ein Auto war das nur! Einer der Fahrer, der relativ gut Deutsch konnte, weil er drei Jahre im Ruhrgebiet arbeitete, öffnete den fensterlosen Kofferraum des Lieferwagens und augenblicklich schlug uns ein beißender Gestank von Dieselöl, Gartenabfällen und sonstigen Rückständen entgegen. Kaum hatten wir uns zwischen die von einer Plane abgedeckten Ziegel gesetzt, startete das Fahrzeug durch. Schon wähnten wir uns auf dem Weg nach Kotor, da änderte der ehemalige Gastarbeiter plötzlich den Kurs und fuhr wieder ins Dorf zurück. Kathrin hämmerte voller Panik gegen die Metallplatte, die den Kofferraum von der Fahrgastzelle des Wagens trennte und schrie dem Mann zu, daß wir in die andere Richtung wollten, der aber stellte sich taub. Angstvoll hantierte sie am Türgriff, konnte aber die Verriegelung nicht lösen.

Mit Entsetzen in den Augen starrte sie mich an, dabei wunderte es mich selbst, wie ruhig ich blieb. Irgendetwas sagte mir, daß hinter diesem unerklärlichen Manöver keine Gefahr lauerte.

„Es wird schon alles seine Richtigkeit haben. Aber wir könnten eine...“

...Quick-Novena beten, wollte ich noch anführen, da bremste der Wagen ruckartig. Kurz darauf riß der Mann die Hecktür auf und schob Elisabeth und Maria Teresa, die er aufgelesen hatte samt Gepäck zu uns auf die Ladefläche. Der Fahrer hatte noch einmal umgedreht, weil er an den beiden vorbeigekommen war, ehe er sich entschied uns mitzunehmen. Nun überlegte er es sich anders und las sie weiter hinten auf. Kaum hatten sich unsere Freundinnen im Halbdunkel zurechtgefunden und uns mit großem Hallo begrüßt, blieb der Wagen zum zweiten Mal stehen, wieder schwang die Kofferraumtüre kreischend auf. Diesmal erschienen Pater Joseph und Michael, letzterer staunte nicht schlecht, da er inmitten des Gerümpels unseren Klub erkannte. Der Pater lachte.

„Aha, ich hab 's mir fast gedacht, als der Mann sagte, er müsse erst nachschaun, ob er noch den Popen und seinen Diener mitnehmen könne, weil er den Kofferraum voller Frauen und Steine hätte."

Und schon brausten wir die kurvenreiche Straße entlang. Durch das staubige Heckfenster konnten wir die weit in der Tiefe liegende Bucht von Kotor erahnen. Wenn dieses Leben nur ewig dauern würde: Fahrten und wandern. Es gab zwar unendlich gemütlichere Orte auf der Welt als diese stinkende, schmierig dreckige Ladefläche mit planenbedeckten Steinen und Kanistern voll Treibstoff, doch wo war die Freiheit größer?

Ich seufzte vor Glück und Wehmut, denn es war unweigerlich der letzte Tag der Fahrt, einer

Fahrt, die mein Herz zu heilen begann nach einer Zeit der Zerissenheit und des Zweifelns. Ja, ich brauche die Freiheit so notwendig, denn gerade sie verbindet mich mit dem Allerhöchsten und mit...

„Oh!" rief Pater Joseph und deutete zum Fenster hinaus auf das immer näherkommende Meer. „Da im Hafen liegt ein Fünfmaster vor Anker! Schaut nur!" Michael und ich drückten unsere Nasen an die Scheibe des Fensters, in das der Pater zuvor ein Sichtloch durch die Dreckschicht gerieben hatte. Wie die Kinder, dachte ich, unschuldig und begeistert.

✳✳✳

„Man sagt, die Klosterinsel habe Arnold Böcklin als Vorbild für sein Gemälde „Die Toteninsel" gedient..."
„Ha!" rief ich halblaut zwischen Elisabeths Referat über die Bucht von Kotor, „das gibt' s doch nicht!"
Schlagartig erinnerte ich mich an einen Traum, in dem ich im Meer zu einer Insel schwamm, die eben genau dem Bild glich. Ich stieg dort über eine steinerne Treppe an das Ufer eines Landes ohne Sonne. Dennoch bewahrte ich das Andenken der lichten Schönheit dieses Ortes, der klang wie das Kyrie der Requiemmesse. Es

war, als würde der Kalkstein aus sich selbst
herausleuchten und sein bleiches Gelb den
Trauernden zum Troste entgegenhalten.
Mein Gott! fuhr es mir durch die Seele, die To-
ten, der Gesang, die Liebe...was ist das, was ist
das?
Nur mühsam fing ich mich und fand an den Ort
zurück, an dem ich mich befand: Einhundert
Meter über der Bucht von Kotor an einer Kirche
nahe der Zitadelle der Befestigungsanlage in
luftiger Höhe. Mit Michael und dem Pater war
ich hinaufgesprungen wie ein junges Wild, ungestüm die Kraft prüfend. Das machte mich
wirr genug im Kopf, um die Schmerzen zu
übersehen. Hinunter würde ich dann ein altes
Weiblein sein, das sich am Mauerwerk abstüt-
zen muß, um nicht zu fallen. Jeder Schritt war
eine Überwindung. Innerhalb der letzten drei
Tage hatte das Übel weiter zugenommen und
ich versuchte seiner nicht zu achten, so gut es
ging. Warum auch nicht? Das Leben fragte
mich nie, ob ich eine Last tragen könne, stets
wurde ich von ihr beschwert, ehe ich auch nur
ein Wort zu sagen vermochte und ich mußte bemerken, wie wenig das Jammern im Grunde
bringt.

„Nichts, Elisabeth, fahre fort in deinen Ausführungen."

∗∗∗

Der Rundblick von der Zitadelle der Stadt war faszinierend, und waghalsig schwangen wir uns auf das niedrige Mäuerlein vor dem Abhang, um für Manuelas Fotoaktionen ein passables Motiv abzugeben. Doch kaum waren wir wieder unten bei der Besichtigung von Kotor, stürmten wir umgehend auf einen Brunnen vor der Marienkirche zu und ließen unsere Gesichter vom eiskalten Wasser umspülen. In den Gotteshäusern herrschte drückende Schwüle, vor allem in der dunkelgerußten Lukaskapelle, wo ständig eine Vielzahl von Kerzen die Andacht und die gläubige Verehrung der Menschen zeigten, blieb einem der Atem weg. Nur mit Mühe konnte man in dieser weihevollen Düsternis erkennen, wie sich eine hochgewachsene Gestalt aus der Sakristei heranschob. Kopfbedeckung, Kutte und Bart wiesen die Erscheinung als den Popen der Kapelle aus. Sobald er ihn gewahrte, schritt er zagend aber freundlich auf unseren Pater zu, den einzig der Priesterkragen als Geistlichen kenntlich machte. Plötzlich huschte etwas Kleines um die Ecke und hing sich an die Hand des Popen, es war seine Tochter, welche scheu den fremden Mann betrachtete, der mit ihrem Vater in einer unbekannten Sprache redete. Wie unterschiedlich sie doch waren! Ähnlich wie der Pater Ignazio aus dem Kloster wirkte dieser orthodoxe Gottesmann viel älter, als er wohl gewesen sein mochte. Und daneben unser Puer aeternus, dessen lebhafte Stimme durch das Halbdunkel gedämpft an unsere Ohren drang.

Eine abenteuerliche Idee hatte Theresia noch auf Lager.

„Und wie wäre es, wenn wir uns die Mandoline und die Klampfe schnappen und irgendwo in der Stadt uns hinstellen und singen? Oder? Mal schaun, wieviel wir in einer halben Stunde einnehmen können!"

Gesagt – getan, doch die Tageszeit zeigte sich uns wenig gewogen. In Anbetracht der mittäglichen Hitze platzierten wir uns erst in einem Torbogen, nur war diese Stelle kaum geeignet, die dauerhafte Aufmerksamkeit der Menschen zu gewinnen. Wir mußten in die Nähe der Lokale, wo viel Volk unter Sonnenschirmen auf den Veranden saß. So pflanzten wir uns kurzerhand unterhalb einer der Sehenswürdigkeiten der Stadt auf und boten unsere reißerischen Lieder mehrstimmig dar. Die Sonne brannte unerbittlich auf uns herab, aber wenigstens mir machte die Hitze nichts mehr aus. Was im Gesang vor Gott oder den Fahrtenschwestern seine Berechtigung hat, mußte ich nun eindämmen: Hingabe und das Buhlen um die Gunst des Hörers. Hier blieb ich einigermaßen reserviert und gleichmütig, weil ich das Feuer in meinem Herzen niederkämpfte, das mich ganz in Beschlag nehmen wollte. Nichts jetzt, dachte ich, nichts; niemand soll von meinem persönlichen Glück erfahren nur von oberflächlichen, allgemeinen Dingen.

Aber wir ersangen uns bei 45 Grad Wärme in Kotor immerhin 22 Euro. Hernach blieb nicht mehr viel Zeit und wir stachen in See, indem wir uns auf zwei Schinackeln aufteilten, die uns nach dem Orte *Maria auf dem Felsen*, brachten. Der Legende nach fand ein Fischer auf einer Felsnadel in der Bucht ein Marienbild angeschwemmt. Als er mit knapper Not einem Schiffsbruch entrann, gelobte er, auf der Felsnadel eine Marienkapelle zu bauen, in der das Bild verehrt werden könne. Nun gestaltete sich das nicht so leicht, weil außer den beiden Steinen kein Fundament vorhanden war. Der Fischer ließ Steine aufschütten, bis eine künstliche Insel entstand, auf der er sein Gelübde erfüllte. Der Altar der Kapelle erhebt sich genau über der Felsnadel und ein Loch im rückwärtigen Teil des Altartisches erlaubt es den Pilgern, den Stein zu erfühlen. Der Altaraufsatz selbst ist aus verschieden Arten kostbaren Marmors und das Gnadenbild wurde zeitweise mit einer silbergetriebenen Platte bedeckt, die nur die Gesichter Mariens und des Jesuskindes freiließ. Alle Malereien der Kapelle entstammen der Hand eines frühvollendeten Künstlers aus der Gegend. Noch während uns die Schönheit und die einfache Anmut der Insel und des Heiligtumes bezauberten, handelte Manuela mit einem deutschsprechenden Urlauber ein Nachtquartier für unsere Schar aus.

„Also, hört her: Die Insel dort drüben gehört einer ungarischen Diözese und bietet erholungssuchenden Priestern eine Urlaubsmöglichkeit. Das ehemalige Kloster ist nun dem Hl. Georg geweiht und was glaubt ihr? Der hohe Reiter holt sich seine Pfadfinder selbst herbei! Ich bin mit einem Diakon ins Gespräch gekommen und der fragte seinen Pfarrer auf der Insel, ob wir dortbleiben dürften. Keine Frage, er lud uns sofort ein."

Manuelas Augen funkelten mit der glitzernden wellenbewegten Wasseroberfläche um die Wette. „Ist das nicht eine Sache?"
Herr, dachte ich, wie du willst. Zunächst war ich bei der Überfahrt froh, diese andere Insel, welche dem Böcklinbild so genau glich, nicht betreten zu müssen, nun aber war es das, was Gott entschied. Mein Herz klopfte vor banger Erwartung, als sich unser Boot im Abendlicht der kleinen Hafenmole näherte. An der grüngestrichenen, alten Pfortentür des Klosters lehnte eine freundlich dreinblickende Frau mit kurzgeschnitten, graumelierten Haaren. Hinter ihr stand ein kleiner, ein wenig untersetzter, weißhaariger Herr, der neugierig durch die runde Brille linste.

„Willkommen," sagte die Frau und ihre Stimme klang angenehm. Die schweren Lider senkten sich schräg über ihren klaren blauen Augen. „Willkommen auf der Insel des Hl. Georg, des Drachentöters!"
Wie seltsam sich alles fügt, wunderte ich mich im Stillen, als ich die Schwelle überschritt. Sankt Georg hat den Drachen getötet, doch ich, die kleinste und unbedeutendste Tochter des Orpheus kann ihn nur in den Schlaf singen, ihn, meinen ganz persönlichen Drachen der Lust,

Menschen und Dinge eine Spur zu ausführlich zu betrachten, so daß die Begehrlichkeit auf dem Fuße folgt. Ein echtes Orpheus-Laster sozusagen.

Doch ich bin ein sinnliches Geschöpf; kaum tat ich die ersten Schritte in dem unwirklich erscheinenden Zypressenhain der Insel, umwölkte der süßherbe Harzduft der alten Bäume meine Sinne und ließ mich augenblicklich in eine träumende Benommenheit fallen. Alle Zeit schien für den Moment aufgehoben. Ich wandelte den Hain entlang, die Dämmerung brach herein und hinter mir tappten leise Sohlen, kaum zu hören. Als würfen die Bäume das Echo der Fußstapfen vielfach zurück, hallte hinter mir das Schreiten einer ganzen Menge von Menschen.

„Ach, der Johannes ist einfach selber schuld, daß er nicht mitgefahren ist," seufzte Ursula in meinem Rücken. „Mein Bruder befürchtete einfach, die ganze Zeit lang irgendwas Lateinisches übersetzen zu müssen, wenn seine Lehrerin dabei ist."

„Das ist ausgemachter Blödsinn," entgegnete ich, „aber er hätte mit mir singen können, er..." Urplötzlich verstummte ich.

***

„Sie sind eine orphische Seele."

Ich glaubte mich verhört zu haben, als Pater Bernward mich an einem der letzten Julitage mit diesem Adelstitel bedachte und fortfuhr: „Sie dürfen sich für das, was Gott in Ihnen angelegt hat, nicht schämen. Ein Mensch, der sich von Schönheit berücken lassen kann und davon singt, ist ebenso wichtig wie ein überlegter, kühl planender Geist. Ein Traum von Anmut ist nicht schlechter als ein genialer Gedanke! Das aber wissen die Menschen heute oft nicht, weil sich in ihren Köpfen alles um Fortschritt und Effizienz dreht. Und jene, deren Beruf es ist, Schönes zu vermitteln, die den Menschen sagen könnten, daß ihre Seele keine Rechentafel, sondern ein Spiegel Gottes ist, ach, jenen gebricht es oft an Mut. Darum seien Sie vor allem mutig!"

„Pater Bernward…Leider verwechselte ich in der Vergangenheit beim Schreiben Mut mit Tollkühnheit und Arroganz. Sie nannten mich soeben eine orphische Seele. Vermutlich habe ich mir in meiner Jugend genau wie Orpheus zu viel auf mein Können eingebildet. Der mythische Sänger stieg vielleicht nicht aus Liebe zu Eurydike hinab, sondern aus Ruhmsucht. Sein Lied solle Unmögliches möglich machen.

Erst als er dann verlassen am Ufer des Acheron saß, wuchs in ihm ein Begriff von wirklicher Liebe. Gott hat uns beide, Orpheus und mich, in gleichem Maße gezüchtigt und begnadet. So wie Orpheus erst in der Klage zum Gesang der Wahrheit fand, beginne ich, das verlorene Glück mit Worten zu umringen. Die Schönheit, die Sie meinem Schreiben nachsagen, ist entstanden wie die Perle in der Muschel, sie ist Ergebnis von Schmerzen."

„Ja, Elisabeth, Sie vermögen, das kaum Sagbare, jene innige Beziehung der Menschen in der Musik mit so zarten, vorsichtigen Worten zu umgeben…Manchmal, wenn Sie schreiben, glaubt man, den unmittelbaren Übergang des Wortes in den Klang buchstäblich fassen zu können. Singen Sie da, wenn Sie arbeiten?"

„Nein, vermutlich schweige ich. Wer am Rande des Sagbaren steht, muß still werden und lauschen."

Pater Bernward nickte und murmelte: „Nur wer lauteren Herzens die Liebe selbst verlockt, ihm ins Leben zu folgen, der wird in seinem Herzen ein Lied hören. Erst wenn er es sich erschwiegen hat, darf er es singen. Das ist eigentlich alles."

Damit nahm er mich an der Hand, führte mich
an seinen Schreibtisch und reichte mir Noten.
Es war ein Lied zu Ehren der Jungfrau Maria.
„So singen wir…"
Schönheit, Innigkeit und Reinheit umarmten
einander in diesem Gesange, aus dem ich als
anderer Mensch hervorging.

Noch lange Zeit saß ich an der Befestigungs-
mauer der Orpheus-Insel. Die Wellen plät-
scherten in leisen Abständen gegen die Steine
der Mole und im Zypressenhain konnte ich die
schemenhaften Umrisse einiger Gestalten erkennen, die sich wie lautlose Schatten zwischen
den schwarzen Baumriesen auf und ab bewegten.
Solange sie auf der Erde leben, irren die Menschen in einer Unterwelt umher. Sie bedürfen
eines Erlösers, der aus Liebe und nichts als
Liebe in diesen Abgrund hinabsteigt, um die
Menschen heraufzuführen in sein ewiges
Reich. Der Sohn Gottes wird sich auch der Kinder des Orpheus erbarmen: Geläutert dürfen
sie Eurydike in die Arme schließen, ohne ihren
Verlust je fürchten zu müssen.

***

Bei der Abendrunde lagerten wir mit den lauschenden Bewohnern der Insel am Hafen und jubelten zum letzten Mal unsere Lieder von Seefahrt und Abenteuer, von Innigkeit und Gottesfurcht. Und urplötzlich verschmolzen Gott, das Lied, die Liebe und die Sehnsucht zu einem klingenden Ganzen, während die Mandoline eines Priesters zu singen begann.

Ade, ade, ade, ich will nun fahrten, /so viele Wege warten, auf mich, auf mich.

Will Berg und grüne Flüsse queren/und wundersame Blüten schauen.

Vom Glanz der Sterne will ich zehren, /aus Mondschein meine Hütte bauen.

Will all die Orte wiederfinden, /die heimisch mir und doch so fremd.

Von frühgelittnen Leiden künden,/das süß in meinen Sinnen brennt.

Will all mein Hab und auch mein Wissen,/das lange mich so fest gebunden, will all mein Streben endlich missen,/still heilen lassen meine Wunden.

Will Leiden nicht und Lust entbehren,/weil's Schlüssel sind zur letzten Tür.

Ein Pilger bin ich ohne Ehren/ und heiter schreit ich für und für.

Ade, ade, ade, ich fahrte endlich nun/ am letzten Abend wird ich ruhn, zuhaus, zuhaus.

Mir ist noch immer, als sänge daraus das innigste Verlangen einer orphischen Seele nach Einfachheit und Ruhe. Der Unbehaustheit hat sie schon längst die Schönheiten und Abenteuer der Lebensfahrt abgewonnen und sie mit ihrem Herzen befreundet.
Unsere Argonautica ist zu Ende, dachte ich lächelnd, hier laufen also alle Fäden zusammen, auf dieser kleinen, von hohen Klüften beschirmten Insel.

Als wir zuletzt in die Kirche gingen, teilte P. Joseph die Kompletheftlein aus.
Der Geistliche bedeutete mir, wieder vorzusingen und ich tat wie mir geheißen, ohne daran

zu denken, was ich machte; denn ich machte
nichts, ich war der Gesang, aber ich machte ihn
nicht.

Da geschah es zum ersten Mal in meinem Leben: Ich ließ mich singen, ich, ein Instrument,
dem ewige Hände Melodien entlocken, die älter sind als die ersten Schmerzen der Welt.
Eurydike, wer von allen Menschen auch immer
dein Antlitz in mein Leben trägt: Singe mit mir!
Denn nicht mein Gesang, nur unser beider ver-
trauensvolles Lied kann uns an den weiterrei-
chen, in dessen Liebe wir geborgen sind.
Und jene menschliche Geste des Abschieds und
des Willkommens, die Umarmung, wurde mir
zu einer Erinnerung an das verlorene Paradies,
und sie durchwirkte meine Träume, die mich
umwoben, Träume von wunderbaren Musi-
kern, mit unvergänglicher Schönheit.

Und so wie der vorige Tag geendet hat, begann der heutige, ja mehr noch, der Gesang auf der Insel schien nicht mehr enden zu wollen, wir alle konnten unsere Freude über die Fahrt nicht anders ausdrücken, als in den einfachen Liedern, denen auch heute die Bewohner dieses Eilandes verzaubert lauschten. Irgendetwas ist mit uns geschehen, das ich nicht zu beschreiben vermag, weil es sich der Sprache entzieht. Vielleicht war das der Grund, warum wir heute so schweigsam waren.

Der Diakon fuhr uns mit seinem Boot ans Ufer von Peraste, von wo aus uns ein Bus nach Dubrovnik bringen würde. Morgen wären wir wieder zuhause und alles erschiene uns wie ein Traum.

Das Ufer war schon in Reichweite und wir machten uns schon daran, unsere Sachen zusammenzusuchen, um das Boot verlassen zu können, da räusperte sich der Diakon.

„Ihr fahrt jetzt fort und wahrscheinlich werden wir uns auf dieser Welt nicht mehr sehen, das ist sehr schade. Aber Gott ist treu, er wird uns nicht alleine lassen. Wenn uns das Leben auch

in die entlegensten Winkel der Erde treibt und
wir füreinander verloren scheinen, so wird er
uns wieder zusammenführen. In ihm sind wir
Eins. Lebt wohl!"

Neigt der Tag sich und vergeht,
mild der Wind am Abend weht;
Sonn' hat ihren Lauf vollbracht,
bald kommt nun die finstre Nacht.

Geht die Zeit dem Ende zu,
rinnt die Stundenuhr ohn' Ruh;
Tod in unsern Spuren geht,
Ewigkeit bald vor uns steht.

Liebe Seele, heißt es nun,
was bleibt dir jetzt noch zu tun,
die in Sünde du verstrickt,
eh' ich noch die Welt erblickt?

Wieder ist ein Tag dahin,
wieder ich erinnert bin,
daß ich mit dem Wanderstab,
eile hin zum finstren Grab.

Alle weltlich Ding vergehn,
doch ich werde auferstehn,
wenn Posaunen nach der Zeit,
rufen zur Glückseligkeit.

Wenn der Kater dein Tagebuch liest.

Nachwort
von einem kunstsinnigen Kater

Na, da nehm ich die Autorin doch mal beim Wort!

Gestatten, mein Name ist Kater Miefka und ich wohne im Hause meines Knechtes Dr. Dieter Scheidig.

Ich kenne die Autorin, die Thaler, persönlich recht gut, weil sie eines Tages unvermittelt im Hause meines Knechtes auftauchte. Sie wartete mir auf, indem sie mich bewillkommnete und ich sah gleich: Aha! Sie ist Scheidigen gewogen und ebenso wie er in der mir wohlbekannten Dichtkunst bewandert. Ich bin nämlich kein gewöhnlicher Kater, nein, ich kenne mich auf dem Gebiete der Literatur sehr gut aus. Daher denke ich, dass mir dieses Nachwort gelingt.

Und wenn die pfadfindende Autorin Tiere liebt, wird sie nichts dagegen haben, wenn ich dieses Nachwort schreibe.

Das Weltverwandte

Ich hab ja auch bei ihrem letzten Besuche ihr Tagebuch gründlich studiert...oh, was ich da alles las! Die Szene, da sie auf ihrem Instrumente vor Scheidigen und dem würdigen Publikum zu spielen gedachte...

„Der besuchenden Dame flauschiges Bologneserhündchen glotzte mich treuherzig an und rollte sich zu meinen Füßen zusammen, der Kater verharrte schwarz und stumm neben dem Hündchen. Allein den Dachshund verwies Scheidig des Raumes, weil er unablässig heulte. Er schalt ihn ein unmusikalisches Hundum. So spielte und sang ich vor dem Hündchen, dem Katerchen und Scheidigen...“

Und weil ich ein Katzentier bin, traue ich mir zu, etwas über das vorliegende Werk zu extemporieren.

Natürlich ist mir bei der Lektüre die sehr idealische Gesinnung der Autorin nicht verborgen geblieben. Sie scheint dieses Wesen, das sie „Gott“ nennt und den Schöpfer aller Dinge, wirklich zu verehren. Sie tut dies mit sehr edlen und gut gesetzten Worten. Trotzdem vergisst sie nie auch das Leben, das sich schon mal recht rustikal herbeidrängt, in ihr Werk miteinzubeziehen. Da heizt man schon mal mit

stinkendem Schafsdung, da passieren oft einmal Hoppalas wie beispielsweise bei der Messe
am Trina-Stausee oder bei der Kräuterweihe…,
ja, ich glaube, Thaler setzt voraus, dass Gott
nicht nur der große, ernste Herr ist, sondern
auch wirklich Spaß versteht.

Auch die sogenannten „running gags", also
wiederkehrende Erinnerungen an Seltsamkei-
ten, die erst durch Wiederholung lustig wirken,
fehlen nicht: Da ist das ständig nasse Hemd der
Erzählerin, die nicht oder nur zweifelhaft ange-
meldeten Autos der Montenegriner und die
Furcht vor Schlangen und Hunden. Das alles
wird scherzhaft betrachtet und bildet einen
Kontrast zu den ernsteren Themen dieses kleinen Romanes.

So spielt der Text mit dem Wechsel der Töne
und der Sprachebenen. Das mag manchen ganz
besonders frommen Christen vielleicht verstö-
ren…aber ich finde das nicht übel. Wir sind ja
allesamt Geschöpfe der Erde, und der Himmel
ist uns sehr fern…oder doch nicht?

Bedeutung der Musik

Oh ja, ich habe die Autorin singen hören! Zwar
bin ich ein sehr aufgeklärter und gebildeter

Kater, der jederzeit Zugang zu den philosophischen Büchern meines Knechtes Scheidig hat, doch muss ich zugeben, dass mir alles, was Thaler über die Musik schreibt, nachvollziehbar ist.

Als ich ihr lauschte, da sie sich auf ihrer Viola da Gamba selbst begleitete, waren mir zwei Dinge vollkommen klar: Musik ist für sie ein Weg zu dem Wesen, das sie „Gott" nennt.

Und zweitens: Sie ist unsterblich verliebt! Vielleicht nicht nur in diesen „Gott", aber in andere, die ihm dienen.

Sag mal, ist Gott sowas wie eine Oberkatze, die ganz viele Diener hat? Beneidenswert!

Murrrr!

Da möchte mein rationaler Katergeist fast in Romantik zerfließen!

Aber Ironie beiseite: Die Musik scheint für sie tatsächlich auch ein Weg zu ihren gottzugewandten und musikalischen Liebsten zu sein. Ja, es sind wohl mehrere, wenn ich recht gelesen habe: Die Patres Joseph und Bernward und dann noch den …ach, was ich da in ihrem Tagebuch gelesen habe… aber das verrate ich nicht…ein Kater schweigt… Jedenfalls singt sie mit dem nicht Genannten auch und…ja sie erlebt Glückseligkeit. Sie genießt vermutlich in

der Musik, wie nur Katzen zu genießen im-
stande sind!

Und dennoch ist der Gesang ein Ersatz für
Worte, die – wie sie sagt – immer auch verfäng-
lich sein können. Nun, und vielleicht ist der Gesang für die Autorin und ihre Geliebten auch
einfach ein Ersatz für ein ganz allgemein
menschliches Bedürfnis, nämlich der freund-
schaftlichen oder liebenden Umarmung, die ge-
genwärtig vielleicht aus gesellschaftlichen
Gründen nicht geschehen darf.

Orpheus

Nun, und weil ich ihr Werk trotz aller lustigen
Anspielungen und Situationskomiken einfach
doch viel zu idealisch finde, habe ich hiermit
meinen Senf dazu gegeben. Irgendwer muss sie
doch ermahnen, mit beiden Beinen auf der Erde
zu bleiben.

Wir Katzentiere sind doch äußerst sinnliche
Wesen, deshalb haben einige besonders eifrige
Leute der Kirche uns verdammt und in die
Nähe des Gottseibeiuns gestellt.

Ja, ich gebe es zu, wir sind die großen Verfüh-
rer, wenn wir uns herumrollen und dabei die
Menschen aus unseren großen Augen

anblicken; selbst Kirchenfürsten wie der Kardinal Richelieu konnten uns nicht widerstehen! Mich als schwarzen Kater hätte er zwar „Lucifer" genannt, aber er hätte es lieb gemeint, das weiß ich.

Doch als die Thalerin sang und ich zuhörte, da hat sie mich verführt.

Ja, sie wurde zu diesem Augenblicke zu Orpheus.

Doch um Orpheus zu sein bedarf es großer Uneitelkeit.

Wir Tiere wissen, dass Orpheus erst wirklich gesungen hat, als er sich seiner Niedrigkeit und seiner Niederlage bewusst war, als er sah, dass mit reiner Kunst keine Eurydike aus der Unterwelt raufzuführen war. Da trauerte er und auf seinen demütigen Gesang hin kamen wir Tiere und auch die Pflanzen herbei, ihn zu trösten.

Was die Autorin uns vielleicht sagen möchte, was es braucht zum Glücke: Es braucht Liebe und das Vertrauen von beiden Seiten, von Orpheus und Eurydike, von jedem Orpheus und jeder Eurydike, quer durch die Zeiten.

Und es braucht vor allem das immerwährende Staunen des Menschen über alles, was ihm anvertraut ist, nämlich die Schöpfung und da sind die Pfadfinder hoffentlich die Ersten…

Ach, Herrschaft! Jetzt werde ich ja genau so romantisch ausschweifend wie die Autorin!

Nein, nein, das soll nicht geschehen, daher schließe ich mit den Worten: Ein schönes Buch, das gerade nicht zu idealisch ist, weil es die menschlichen Seiten thematisiert.

Murrrrrr!

So, und jetzt geh ich zu meiner lieben Katze Gräfin Cosel und erzähle ihr, was für Gedanken sich die Menschen so machen. …

Ich wünsche euch alles Gute und verschnurre mich dezent!

Euer Miefka

„Kardinal Richelieu" mit seinem Kater „Lucifér"

<u>In gleicher Ausstattung bei BoD erschienen</u>

- Kastl 93; Drei Erzählungen
- Les Barricades Mystèrieuses; Eine Erzählung
  in lyrischer Prosa